کنواں

(افسانے)

بلراج مینرا

KunwaaN (Short Stories)
by: Balraj Menra
Edition: January '2026
Publisher :
Taemeer Publications LLC (Michigan, USA / Hyderabad, India)

ISBN 978-93-6908-803-4

9 789369 088034

کتاب	:	**کنواں** (افسانے)
مصنف	:	**بلراج مینرا**
بہ تعاون	:	الف یار ڈاٹ کام ویب سائٹ
صنف	:	فکشن
ناشر	:	تعمیر پبلی کیشنز (حیدرآباد، انڈیا)
سالِ اشاعت	:	۲۰۲۶ء
صفحات	:	۱۰۲
سرورق ڈیزائن	:	تعمیر ویب ڈیزائن

فہرست

پیش لفظ

اردو افسانوی ادب میں **بلراج مین را** کا نام ایک منفرد اور ممتاز حیثیت رکھتا ہے۔ انہوں نے اپنی تخلیقات کے ذریعے جدید افسانے کو نہ صرف ایک نئی فکری گہرائی عطا کی بلکہ اسے انوکھے طرزِ اسلوب سے بھی مالا مال کیا۔ افسانہ نگاری کے ساتھ ساتھ ان کی ایک بڑی ادبی خدمت رسالہ 'شعور' کی ادارت بھی تھی، جس نے کم عرصے میں اپنی ایک distinct شناخت قائم کی۔ اس کے علاوہ، انہوں نے منٹو کی تمام تحریروں کو 'دستاویز' کے نام سے مرتب کر کے بھی ایک اہم ادبی کام انجام دیا۔ مین را کی کہانیاں اردو ادب کے وہ گوہر نایاب ہیں جن پر ہمیشہ فخر کیا جائے گا۔ انہوں نے اپنے افسانوں کے لیے ایسے موضوعات اور تجربات کا انتخاب کیا جن سے ان کا ذاتی اور گہرا رشتہ تھا۔ یہی وجہ ہے کہ ان کی تحریروں میں شہری زندگی، بالخصوص دہلی، کا احوال، اس کے رہن سہن، چوڑی سڑکیں، عمارتیں، ٹی ہاؤس، بس اسٹاپ، ہسپتال، ڈاکٹر، نرس، اور بجلی کے کھمبے کثرت سے ملتے ہیں، جو ان کے شہری ادراک کی عکاسی کرتے ہیں۔

مین را کے افسانوں کا محور شہر اور اس میں بسنے والے افراد ہیں، لیکن وہ افراد کے خارجی حالات سے زیادہ ان کے باطن اور نفسیاتی کیفیات کو اپنا موضوع بناتے ہیں۔ خود کو پانے کی جستجو، جبر کے خلاف احتجاج، کمتری کا احساس، اور ایسی مانوس اجنبی کیفیات کا اظہار جن سے ہم واقف تو ہیں مگر انہیں سمجھ نہیں پاتے، ان جیسے مختلف احساسات ان کے

افسانوں میں علامتی پیکر، ٹوٹے پھوٹے منتشر خیالات، یا آدھی ادھوری کہانیوں کی صورت میں جلوہ گر ہوتے ہیں۔ یہی وجہ ہے کہ ان کی بعض کہانیاں قاری کی گہری توجہ اور غور و فکر کا تقاضا کرتی ہیں۔ وہ علامتی افسانہ نگاری میں اپنے ہم عصروں میں سب سے زیادہ کامیاب رہے، جس کے تحت 'وہ'، 'مقتل'، 'ساحل کی ذلت' اور 'کمپوزیشن سیریز' جیسے افسانے ان کی بہترین مثالیں ہیں۔ نقاد گوپی چند نارنگ کے مطابق، مین را اپنی علامتوں کا انتخاب روزمرہ کی زندگی سے کرتے ہیں اور پھر انہیں اپنے ذہنی تجسس کی سان پر چڑھا کر تہہ داری پیدا کرتے ہیں، جو جدید انسان کے فکری سفر، اس کی ذہنی تنہائی، اور استحصالی قوتوں کے خلاف احتجاج کی روداد پیش کرتی ہیں۔ ان کی تخلیقی صلاحیتوں کا کمال یہ ہے کہ انہوں نے صرف 37 افسانے لکھے، جو ان کے احتجاجی رویے اور ہمارے معاشرے کی مفاد پرستی، منافقت، اور ادبی بے عملی کے خلاف ایک آواز ہے۔ ان کے افسانوں میں 'سفر' اور 'جنس' جیسے موضوعات کو بھی علامتی اور بیانیہ تکنیک کے ذریعے بے باکی سے پیش کیا گیا ہے، جہاں الفاظ پر مکمل گرفت اور جملوں کا اختصار ان کے اسلوب کی خاص پہچان ہے۔ ان کا شعری اسلوب مختصر افسانوں میں بھی گہری معنویت بھر دیتا ہے، جس کی مثال دوسرے افسانہ نگاروں میں کم ہی ملتی ہے۔ مہدی جعفر کے بقول، ان کی زبان جامع اور ٹھہراؤ والی ہوتی ہے، جس میں چھوٹے جملے تسلسل سے ملتے ہیں اور کبھی کبھی ایک جملہ پورے پیراگراف پر محیط ہوتا ہے۔ بلراج مین را کے افسانے فکر و فن کے اعتبار سے انفرادی حیثیت رکھتے ہیں اور جدید اردو افسانے کے دامن کو مالا مال کرتے ہیں۔

پیش نظر مجموعہ "کنواں" بلراج مین را کے فکر و فن کا ایک جامع نمائندہ ہے، جس

میں ان کے دس (۱۰) اہم افسانے شامل ہیں۔ یہ افسانے مین را کی گہری مشاہداتی صلاحیت، نفسیاتی بصیرت اور علامتی طرزِ اظہار کا بہترین نمونہ ہیں۔

بس اسٹاپ: یہ افسانہ ایک ویران بس اسٹاپ پر ایک شخص کے انتظار اور اس کے ذہنی سفر کی عکاسی کرتا ہے۔ وہ وقت کے گزرنے اور زندگی کے حادثات پر غور کرتا ہے، جہاں ایک مزدور کی اچانک موت زندگی کی ناپائیداری کا استعارہ بن جاتی ہے۔ یہ انتظار دراصل انسانی وجود کی بے بسی اور مسلسل جدوجہد کو ظاہر کرتا ہے۔

شہر کی رات: اس افسانے میں ایک شخص، نگم، دہلی کی رات کی خاموشی اور اس میں چھپے شور کے درمیان اپنے وجود کو تلاش کرتا ہے۔ وہ کناٹ پلیس سے ماڈل ٹاؤن تک کا سفر پیدل طے کرتا ہے، اور اس دوران وہ سماج، سیاست اور اپنی ذات کے بارے میں فلسفیانہ خیالات میں غرق رہتا ہے۔ یہ شہر کی بے حسی اور فرد کی تنہائی کا عکاس ہے۔

انا کا زخم: اس کہانی میں راہی اور راوی (بلراج) کی دوستی اور ان کی انا کی کشمکش کو دکھایا گیا ہے۔ راہی، ایک متکبر اور فلسفیانہ مزاج کا شخص، اپنی برتری کے احساس کو قائم رکھنے کے لیے مسلسل دوسروں پر حاوی رہتا ہے۔ راوی اسے چیلنج کرنے کی کوشش کرتا ہے، لیکن بالآخر راہی کی انا کا قلعہ ناقابلِ تسخیر ثابت ہوتا ہے اور راوی کو اپنی شکست کا سامنا کرنا پڑتا ہے۔

مقتل: ایک علامتی افسانہ جس میں مرکزی کردار کیلوں سے بھری دیواروں والے ایک کمرے میں قید ہے اور چھت تک پہنچنے کی کوشش کر رہا ہے۔ یہ افسانہ انسانی وجود کی قید، بے معنی تلاش، اور جبر کے خلاف احتجاج کو نمایاں کرتا ہے۔ وہ بالآخر ایک کمرے میں پہنچتا ہے جہاں اسے اپنی اور دوسروں کی سزائیں ایک فائل میں درج ملتی ہیں۔ یہ کہانی

داخلی کرب اور سماجی ناانصافی کی گہرائیوں میں لے جاتی ہے۔

ہوس کی اولاد: راہی، جو ایک سابق افسانے کا کردار بھی ہے، یہاں اپنے ایک دوست کو ہوس کی اولاد کے تصور پر خط لکھتا ہے۔ وہ جنسی تعلقات کو ہوس کا نتیجہ قرار دیتا ہے اور اولاد کو بھی اسی کا حصہ سمجھتا ہے۔ تاہم، بعد میں جب وہ خود محبت اور شادی کے بندھن میں بندھتا ہے، تو اس کے خیالات میں تبدیلی آتی ہے، لیکن اس کی بیوی کا بچوں سے بے رخی کا رویہ اسے پھر ایک نئی کشمکش میں مبتلا کر دیتا ہے۔

جسم کی دیوار: یہ کہانی ایک ایسے شخص کی جسمانی اور ذہنی تھکن کو بیان کرتی ہے جو سرد رات میں لمبا سفر طے کرتا ہے۔ اس کے جسم میں دوڑتی آگ اور نفرت کے آتش فشاں اس کے اندرونی کرب کو ظاہر کرتے ہیں۔ افسانہ نگم کے ماضی کے صدمات اور اس کے حال کی بے چینی کو ایک ایسے تناظر میں پیش کرتا ہے جہاں جسم ایک قید اور دیوار بن جاتا ہے۔

آتمارام: بلدیو کا باپ ایک گمنام موت مرتا ہے اور شمشان بھومی میں لاوارث دفنایا جاتا ہے۔ بلدیو باپ کے پھول (ہڈیاں) چننے آتا ہے اور اس دوران وہ سماج کی بے حسی، مذہبی رسومات کی کھوکھلی پن، اور اپنے باپ کی جدوجہد بھری زندگی پر غور کرتا ہے۔ یہ افسانہ انسانی وقار، رشتوں کی اہمیت، اور موت کے بعد کی تنہائی جیسے موضوعات کو چھوتا ہے۔

ساحل کی ذلت: ایک علامتی کہانی ہے جو امیر اور غریب کے درمیان تعلقات، استحصال، اور شہری زندگی کے مادی پہلوؤں کو بیان کرتی ہے۔ ایک غریب شخص ایک امیر شخص کی دنیا میں داخل ہوتا ہے جہاں اسے لذتوں کا سامنا ہوتا ہے لیکن وہ اپنی اصل سے کٹ جاتا ہے۔ یہ افسانہ انسانی اقدار کی پامالی اور طاقت کے تعلقات پر گہرا تبصرہ

ہے۔

بھاگوتی: بھاگوتی، ایک 'دائی' (جنین کو ہٹانے والی عورت)، اپنی بیٹی دھن پتی کو حاملہ دیکھ کر شدید دکھ اور غصے میں آجاتی ہے۔ یہ کہانی سماجی منافقت، گناہ اور نجات کے تصورات، اور ایک عورت کی اس پیشے میں رہتے ہوئے ذاتی اور اخلاقی کشمکش کو بیان کرتی ہے۔ بھاگوتی کا اپنا ماضی اور اس کی بیٹی کا حال اسے ایک پیچیدہ جذباتی صورتحال سے دوچار کرتا ہے۔

وہ: یہ مین را کا مشہور علامتی افسانہ ہے جو ایک شخص کی ماچس کی تلاش کے گرد گھومتا ہے۔ رات کے بے وقت جاگنے کے بعد اسے سگریٹ سلگانے کے لیے ماچس نہیں ملتی۔ وہ اسے پورے کمرے میں، پھر شہر کی ویران سڑکوں پر تلاش کرتا ہے۔ یہ تلاش دراصل انسانی وجود کی معنویت، داخلی اضطراب، اور زندگی میں کسی مقصد یا تسکین کی مسلسل مگر بے نتیجہ جستجو کی علامت ہے۔ پولیس اسٹیشن سے لے کر ایک اجنبی تک، ہر جگہ اسے ماچس کی موجودگی تو ملتی ہے، مگر اس تک رسائی نہیں ہوتی۔

یہ مجموعہ بلراج مین را کے علامتی، نفسیاتی اور شہری افسانہ نگاری کے انداز کا ایک بھرپور مظہر ہے، جو قاری کو گہری سوچ اور جذباتی تجربے سے گزارتا ہے۔

ا

بس اسٹاپ

زندگی کے اس موڑ پر، اس لمحے، مجھے انتظار کرنا تھا، بس انتظار کرنا تھا۔

میں اس بس اسٹاپ پر بس کا انتظار کر رہا تھا۔ میری تپتی ہوئی گھڑی میں ساڑھے بارہ بج رہے تھے اور میں پسینہ پسینہ ہو رہا تھا۔

نام کو تو وہ بس اسٹاپ تھا۔۔۔ نام کو کیا، وہ واقعی بس اسٹاپ تھا کہ بجلی کے کھمبے پر، تین ہاتھ اوپر، سبز رنگ کے ٹین کے ٹکڑے پر لکھا ہوا تھا، Bus stop by request۔ ہاں، اگر آپ بس اسٹاپ پر سر چھپانے کی جگہ بھی چاہیں، تو وہ بس اسٹاپ نہیں تھا۔ نہ تو وہاں کوئی شیڈ تھا اور نہ ہی کوئی پیڑ۔ راکھ کی رنگت کی ایک لمبی ویران سڑک تھی، بجلی کے تاروں کی پرچھائیاں تھیں، باریک اور متوازی اور کھمبے کی پرچھائیں تھیں، ٹھگنی سی، زمین میں دھنسی ہوئی کہ سورج سر کے اوپر تھا۔

میں یہ جان نہ پا رہا تھا کہ اس بس اسٹاپ پر میرے قدم کیسے آن پہنچے تھے۔۔۔ شہر سے دور، اجاڑ بس اسٹاپ، جون کی دوپہر، پینے کو پانی نہیں، دم لینے کو سایہ نہیں اور میری کم بختی کہ ساڑھے بارہ بج رہے تھے اور بس کو ایک بجے آنا تھا۔ میں اس آگ اگلتی ابلتی دوپہر میں اپنے دل کی تسکین کے لئے بھٹک رہا تھا اور بھٹکتے

بھٹکتے اس بس اسٹاپ پر آن پہنچا تھا مگر چند ہی لمحوں میں مجھے یہ احساس ہو گیا تھا کہ بس کے آنے تک میرا دل ہی نہ رہے گا، وہیں بس اسٹاپ پر پگھل جائے گا۔

میں نے سوچا کہ لوٹ جاؤں، لیکن کہاں؟ اور پھر کسی اور سواری کا سوال ہی پیدا نہ ہوتا تھا کہ اجاڑ، جلتے بھنتے بس اسٹاپوں پر رکشا، تانگہ، اسکوٹر یا ٹیکسی کہاں ملتی ہے۔

اب سوائے اس کے کہ بس کا انتظار کرتا اور کوئی چارہ نہ تھا۔

اب میں تھا، دھوپ تھی، سڑک تھی اور بجلی کا کھمبا تھا۔ اس سے بڑھ کر بھلا بس اسٹاپ اور کیا ہو سکتا ہے۔

اس انتظار کے لمحوں میں ایک راکھ کی رنگت کی سڑک ہی تھی جو مرکز نگاہ ہو سکتی تھی اور تھی۔

کہیں کہیں تارکول پگھل گیا تھا اور سڑک گہری کالی ہو گئی تھی اور سورج کی تیز روشنی میں چمک رہی تھی۔

سڑک کو تاحد نظر ناپ تولنے کے بعد میں نے گھڑی کی جانب دیکھا۔ منٹوں کی سوئی پینتیس کے نشان کے قریب تھی۔۔۔ میں نے صرف پانچ منٹوں میں اس جلتے بھنتے ویرانے کا بھرپور جائزہ لے لیا تھا اور ایک بس تھی کہ میری نظروں سے دور، جانے کہاں تھی اور میں دھوپ میں جلتا بھنتا اس کا انتظار کر رہا تھا۔

چند لمحے میں گھڑی کی جانب دیکھتا رہا اور ان چند لمحوں میں مجھے محسوس ہوا کہ میری زندگی کا حصار، میرے گوشت پوست کا حصار، میرے ذہن کا حصار جس میں ساتوں سمندروں کی وسعتیں سمٹی ہوئی ہیں، پل بھر میں بکھرنے کو ہے۔

"ہم نشچت سمے تک انتظار بھی نہیں کر سکتے۔۔۔ ہماری زندگی کس قدر ناپائیدار ہے۔۔۔!" میں مسکرادیا۔ لیکن بس کا انتظار تو میری بے بسی تھی۔

"ہم جھنجھلاہٹ میں اوٹ پٹانگ سوچنے لگتے ہیں۔۔۔!" میں پھر مسکرادیا۔

بس کا انتظار تو میری زندگی تھی۔

میں نے پھر گھڑی کی جانب دیکھا۔ منٹوں کی سوئی جوں کی توں سست تھی۔

میری زندگی، اس سے پہلے، صرف ایک بار بس اسٹاپ پر ٹھہری تھی۔

یہ ان دنوں کی بات ہے، جب میری کنپٹیوں پر سفید بال نہیں تھے۔ میری آنکھیں عینک کی محتاج نہیں تھیں اور مجھے جان لیوا انتظار کی لذت نصیب نہیں ہوئی تھی۔

اور پھر وہ بس اسٹاپ بھی کہیں مختلف تھا۔۔۔ وہاں سر چھپانے کو شیڈ تھا، پیاس بجھانے کو پیاؤ تھا، بھانت بھانت کے لوگ تھے، بھانت بھانت کی آوازیں تھیں۔ لوگ بسوں سے اترتے اور تانگوں پر چڑھ جاتے۔ تانگوں سے اترتے اور بسوں پر چڑھ جاتے۔۔۔ اور اسکوٹر تھے، رکشا اور ٹیکسیاں تھیں۔۔۔ اور ڈھیر سارے، لڑتے جھگڑتے، ہنستے بولتے مسافر تھے۔

میں اس بس اسٹاپ پر بھی بس کا انتظار کر رہا تھا۔ یہ مجھے یاد نہیں کہ میں کون سی بس کا انتظار کر رہا تھا اور مجھے کہاں جانا تھا۔ اتنا یاد ہے، اس دن بھی جون کی دوپہر تھی۔ دھوپ تیز تھی کہ نہیں، اس کا مجھے اندازہ نہیں کہ میں شیڈ تلے کھڑا تھا۔ ایک دو مرتبہ میری زبان خشک ہوئی تھی اور میں نے پیاؤ سے کنوئیں کا ٹھنڈا اور شہد سے میٹھا پانی پیا تھا۔ گھڑی دیکھنے کی ضرورت ہی محسوس نہیں ہوئی تھی کہ ان گنت

چہرے تھے نظروں کے سامنے۔ شاید میں چہروں سے اکتا کر گھڑی دیکھتا اور مجھے اپنی بس کے انتظار کا احساس ہوتا مگر یہ بھی نہ ہوا کہ کچھ اور ہو گیا۔ اب یہ میری خوش قسمتی تھی یا اس بس اسٹاپ کا اعجاز، کون جانے؟

میں یونہی ادھر ادھر دیکھ رہا تھا۔۔۔ یونہی کہ ہنستے بولتے مسافروں کو دیکھ کر میری نظریں ایک مزدور کو دیکھ رہی تھیں۔ وہ مزدور جو اس وقت مرکز نگاہ تھا، مجھے یاد ہے، ٹھیلہ کھینچ رہا تھا۔ ٹھیلے کے دونوں بم اس کے گرے ہوئے ہاتھوں میں تھے اور دونوں بموں سے بندھی ہوئی رسی اس کے دائیں کندھے میں پھنسی ہوئی تھی۔ وہ چیونٹی کی چال سے ٹھیلہ کھینچ رہا تھا کہ ٹھیلے پر اس کے قد سے کہیں اوپر تک، آگے پیچھے ٹرنک لدے ہوئے تھے۔ ایک رسی تھی جو ٹرنکوں کو روکے ہوئے تھی، ایک میلا کپڑا تھا جو اس کے بائیں کندھے پر رکھا ہوا تھا۔۔۔ دس قدم ٹھیلا کھینچنے پر وہ رک جاتا۔ بائیں ہاتھ کا بم چھوڑ دیتا، بوجھ اس کے دائیں کندھے اور دائیں بازو پر آن پڑتا۔ وہ تھکا تھکا سا بایاں ہاتھ اٹھا کر بائیں کندھے پر رکھا ہوا میلا کپڑا اٹھاتا، چہرے اور گردن پر پھیلا ہوا پسینہ پونچھتا، کپڑا پھر کندھے پر جماتا اور بایاں بم تھام کر پھر ٹھیلا کھینچنے لگتا۔ پھر دس قدم پر رکتا، پھر پسینہ پونچھتا اور پھر چیونٹی کی چال سے چل پڑتا۔

اتنا مجھے یاد ہے کہ اس وقت میں نے یہ سوچا تھا کہ اس کی منزل کہاں ہے؟

اس کا ہر دسواں قدم ایک پڑاؤ تھا۔ یہ میں نے جان لیا تھا اور پھر میں نے اس کی منزل بھی دیکھی۔

میری نظروں کے سامنے وہ چوتھے پڑاؤ پر رکا ہی تھا اور اس نے ٹھیلے کا بایاں بم چھوڑا ہی تھا اور بائیں کندھے پر رکھا ہوا میلا کپڑا اٹھانے ہی کو تھا کہ اس کی ٹانگیں

کانپ گئیں۔ رسی ڈھیلی پڑگئی اور ٹرنک اوپر تلے نیچے آن پڑے۔ ایک ٹرنک اس کے سر پر آن پڑا اور ٹرنک کی نوک اس کی دائیں کنپٹی میں اتر گئی۔

اس کے بعد یہی ہوا کہ بسیں رک گئیں، اسکوٹر، تانگے، رکشا، ٹیکسیاں سب رک گئے۔ شیڈ خالی ہو گیا، لوگ بھاگ اٹھے اور پھر چند لمحوں کے بعد بسیں پھر دوڑنے لگیں، اسکوٹر، تانگے، رکشا، ٹیکسیاں سب دوڑنے لگے، شیڈ بھر گیا، لوگ لوٹ آئے۔

اور وہ مزدور جو مرکز نگاہ تھا، اللہ جانے کہاں تھا۔ اور ان چند لمحوں میں اللہ جانے کتنا وقت بیت گیا تھا۔

کسی نے کہا تھا، چار بجے ہیں، تو میری توجہ ادھر ہوئی تھی، میری بس کو نہیں آنا تھا اور نہیں آئی تھی اور میں بنا کسی احساس اور مایوسی کے لوٹ آیا تھا۔

ابھی ایک بجنے میں پندرہ منٹ باقی تھے۔

"ایک بس اسٹاپ دوسرے بس اسٹاپ سے کس قدر مختلف ہے۔۔۔!" میں مسکرا دیا۔

میرے لب خشک ہو گئے تھے۔ زبان سوکھ گئی، حلق کانٹا ہو گیا تھا۔

میری ٹانگیں کانپ رہی تھیں۔ دل زور سے دھڑک رہا تھا۔ آنکھیں بری طرح جل رہی تھیں۔

"ایک بس اسٹاپ دوسرے بس اسٹاپ سے کس قدر مختلف ہے۔۔۔!" میں پھر مسکرا دیا۔

"ہر بس اسٹاپ کی، ہر نقطے کی اپنی دنیا ہوتی ہے۔۔۔!"

مسکراہٹ بدستور میرے لبوں پر تھی۔

میں نے پلکیں گرا کر چکاچوند آنکھوں میں اندھیرا لانا چاہا مگر میری آنکھوں میں سورج اتر گئے تھے۔ میں نے پھر پلکیں اٹھالیں۔

سڑک جوں کی توں دراز تھی۔ دور دور تک کوئی مزدور نہ تھا، کوئی ٹھیلہ نہ تھا۔

میں اس بس اسٹاپ کا مقدر تھا یا پھر وہ بس اسٹاپ میرا مقدر تھا۔

میں نے کھمبے کی جانب بنا کسی احساس کے دیکھا۔ تین ہاتھ اوپر، سبز رنگ کے ٹین کے اس ٹکڑے کی جانب دیکھا جس پر لکھا تھا Bus stop by request اور پھر مسکرادیا۔

اور پھر میں نے بجلی کی متوازی تاریں دیکھیں اور پھر اوپر آکاش دیکھا۔۔۔ پھر وہی راکھ کی رنگت کی سڑک تھی جو کہیں کہیں تار کول کے پگھلنے سے گہری کالی ہوگئی تھی اور چمک رہی تھی۔

ایک بجنے میں دس منٹ تھے۔

مجھے تھکن کا شدید احساس ہو رہا تھا۔۔۔ میں نے کھمبے کا سہارا لے لیا۔

"میں تنہا ہوں۔۔۔ نہیں میں تنہا نہیں ہوں کہ منتظر ہوں۔۔۔!" میرے سوکھے لب مسکرانے لگے۔

"میں تنہا نہیں ہوں کہ منتظر ہوں۔۔۔ دس منٹ ہی تو رہ گئے ہیں بس کے آنے میں، بس کے مجھ تک پہنچنے میں۔۔۔ دس منٹ کیا ہوتے ہیں۔۔۔!" میرے لب جوں کے توں مسکراہٹیں اپنائے ہوئے تھے۔

میں نے دائیں ٹانگ پر جسم کا پورا بوجھ ڈالتے ہوئے بائیں ٹانگ کو تھکن سے

نجات دلائی، رومال سے آنکھیں مسلیں۔۔۔ پھر مسلیں۔۔۔ عینک کے شیشے رگڑے اور عینک آنکھوں پر چڑھالی۔

مجھے تعجب ہوا۔ آخری منٹ درمیان میں کھڑا تھا۔

اور پھر میں نے دیکھا۔ میری تپتی ہوئی گھڑی میں اک بج رہا تھا۔

بس کا دور دور تک کوئی نشان نہ تھا۔

میں تھا، دھوپ تھی، سڑک تھی اور بجلی کا کھمبا تھا اور زندگی کے اس موڑ پر اس لمحے، مجھے انتظار کرنا تھا۔ بس انتظار کرنا تھا۔

***

۲

شہر کی رات

ابھی اس نے سگریٹ سلگایا ہی تھا کہ بس آن دھمکی۔

سگریٹ لبوں میں دبا کر اس نے فٹ بورڈ پر قدم رکھا تو بس چل پڑی۔

جہازی بس خالی پڑی تھی۔ اور کنڈکٹر ڈرائیور کے پاس سے اگلی سیٹ پر بیٹھا ہوا تھا۔

کنڈکٹر اس کی جانب بڑھا تو اس نے ہپ پاکٹ میں ہاتھ ڈال کر پینتیس نئے پیسوں کے سکے ٹٹولے۔

"ماڈل ٹاؤن!" سگریٹ اس کے لبوں میں کانپا۔

مسٹر! بس میں بیڑی سگریٹ پینا منع ہے۔ کنڈکٹر نے ٹکٹ پنچ کرنے سے پہلے کہا۔

اس نے پانچ نئے پیسوں کا سکہ کنڈکٹر کی طرف بڑھایا۔

بس روک دیجئے! I'll get down here۔۔۔ سگریٹ اس کے لبوں میں کانپ رہا تھا۔

کنڈکٹر کے ماتھے پر بل پڑ گئے۔ اس نے ہاتھ بڑھا کر تیزی سے رسی کھینچی،

گھنٹی زور سے بجی اور بس ایک جھٹکے سے رک گئی۔

"اب کیا مصیبت ہے۔۔۔؟" ڈرائیور کی جھنجھلائی ہوئی آواز آئی۔

وہ آخری ٹرپ طے کرتے ہوئے ڈرائیور کی جھنجھلاہٹ سے مانوس تھا۔ اس نے اطمینان سے Exit کی طرف قدم بڑھائے۔

"مسٹر، پانچ پیسے کا ٹکٹ۔۔۔؟" کنڈکٹر نے پکارا۔

اس نے کچھ نہ سنا اور بس سے اتر گیا۔

بس پھر چل پڑی۔

وہ Statesman بلڈنگ کے پاس کھڑا تھا۔

پھیپھڑوں تک سگریٹ کا طویل کش کھینچتے ہوئے اس نے اپنے لئے گھر کا راستہ تجویز کیا۔ اور جیکٹ کے کالر اٹھا کر قدم بڑھائے۔

ایکسچینج کی گھڑی میں پونے گیارہ بج رہے تھے۔

شنکر مارکٹ دن بھر کے ہنگاموں کے بعد خاموش پڑی تھی۔ مگر "لابوہیم" میں مدھم مدھم بتیاں جل رہی تھی۔ اور سامنے گھٹیا قسم کے ہوٹلوں میں گاہکوں سے نبٹنے کے بعد نوکر لوگ کھانا کھا رہے تھے۔

کناٹ پیلس کا وہ حصہ، "لابوہیم" کی مدھم بتیوں اور گھٹیا قسم کے ہوٹلوں میں کھانا کھاتے ہوئے نوکروں کے باوجود ویران پڑا تھا۔

"دسمبر کے وسط میں رات کے گیارہ بجے لوگ گھروں میں بیویوں کے پہلو میں سو رہے ہوتے ہیں!" اس نے سگریٹ سلگایا۔

"ہم نے تو دن کے گیارہ بجے بھی لوگوں کو یہیں کناٹ پیلیس میں سوتے دیکھا

ہے!" وہ آپ ہی آپ مسکرا دیا۔

اس کے قدم بڑھ رہے تھے۔

منٹو برج کے نیچے وہ بے اختیار ہی چلا اٹھا

"نگ ااااااام م۔۔۔!"

رات کے سناٹے میں اس کی آواز گونجی اور اسی لمحے اس نے گونجتی ہوئی تیز و تند پکار سنی۔

"نگ ااااااام م۔۔۔!"

اس کا جی چاہا کہ پکار کا جواب دے ابھی وہ ارادہ باندھ ہی رہا تھا کہ گرڑ گرڑ گرڑ گرڑ پل پر سے گاڑی گذرنے لگی۔

پل کے نیچے کہرام مچا ہوا تھا۔

وہ پل کے نیچے سے نکل آیا اور منٹو روڈ کی طرف بڑھنے لگا۔

منٹو روڈ اندھیروں، اجالوں میں لپٹی ہوئی تھی۔ دورویہ کھڑے ہوئے نیم کے پیڑ سو رہے تھے اور پیڑوں کی قطاروں کے پیچھے مرکزی حکومت کے ملازموں کے گھر خاموش پڑے تھے، گہرے خاموش!

"ہجوم کے شور اور ہجوم کی خاموشی میں کتنی مماثلت ہے۔۔۔" اس نے سگریٹ سلگایا۔ ایسی ہی ایک خاموشی رام لیلا گراؤنڈ میں پاؤں پسارے ہوئے تھی، جیسے نجات کے لمحوں سے لطف اندوز ہو رہی ہو۔ دن بھر کے سیاسی ہنگامے، شور و غل تقریروں، رام لیلا گراؤنڈ کی چوڑی چھاتی میں دفن تھے۔ رام لیلا گراؤنڈ کے پرلے کنارے پر آصف علی روڈ کی اونچی عمارتیں خاموش کھڑی تھی۔ ان کی چھتوں پر

نیون سائن کے جلتے بجھتے اشتہارات روشنی کے آنسو بہا رہے تھے اور ان آنسوؤں کی روشنی میں سنگ مرمر کا چبوترہ اور اس کی طیارے کے پروں کی طرح پھیلی ہوئی چھت اونگھ رہی تھی۔ رات کی خاموشی چبوترے کی روندی ہوئی چھاتی سہلا رہی تھی۔۔۔ بھانت بھانت کی بولیوں والے سیاسی کارکن جانے کہاں سوئے ہوئے تھے۔

اس نے چند قدم اٹھائے اور چبوترے کے سامنے کھڑا ہو گیا۔

غیر محسوس طور پر اس نے سنا۔

"بیٹھ جاؤ! بیٹھ جاؤ! تقریر سنو!"

بھائیوں اور بہنوں، آج ہم یہاں اس لئے اکٹھے ہوئے ہیں کہ، ہم پر آفت آن پڑی ہے۔۔۔" اس کے کان بج رہے تھے۔

سانس لینے میں اسے دقت محسوس ہوئی۔ اس نے سگریٹ سلگایا۔

"ہجوم، بھیڑ بھاڑ بھیڑوں کے گلے میں بولتے ہوئے اس کا جی کبھی نہیں گھبراتا، شاید یہ شخص خود بھی اپنے آپ میں ایک ہجوم بن گیا ہے، اور اکائی ٹوٹ گئی ہے۔۔۔"

اس نے جلدی جلدی لمبے ڈگ بھرے اور سرکلر روڈ پر آ گیا۔

سرکلر روڈ کے دائیں کنارے پر اروِن ہوسٹل میں بتیاں ٹمٹما رہی تھیں، اکھڑے ہوئے سانسوں کی طرح۔

اس نے Casuality Deptt کی طرف قدم بڑھائے۔

Casuality Deptt کے باہر تین چار ایمبولینس وین کھڑی تھیں اور

برآمدے میں چار پانچ آدمی اکڑوں بیٹھے بیڑیاں پی رہے تھے۔ اس نے دروازہ اندر کی جانب دھکیلا اور کمرے میں داخل ہو گیا۔

"ارے تم نگم! اس سمے؟"

اس نے ہاتھ بڑھایا۔

"بیٹھو۔۔۔ پالی، ایک کپ چائے لانا۔۔۔!"

وہ کرسی پر بیٹھ گیا۔

"کیسے آنا ہوا؟"

وہ مسکرایا، "ایسے ہی۔۔۔ ادھر گذر رہا تھا، سوچا، تم سے ملے ایک زمانہ ہو گیا ہے۔۔۔!"

"تم آج ملنے چلے آئے، اتفاق کی بات ہے، میں آج ہی نائٹ ڈیوٹی پر آیا ہوں۔۔۔ چائے پیو۔۔۔! ٹھنڈی ہو جائے گی۔۔۔!"

اس نے چائے کا گھونٹ بھرا۔

"نگم، اور کیا حال ہے دل ناداں کے۔۔۔!"

"بڑا سکون ہے پیارے! شاید سکون موت کے بس میں بھی نہیں! دل ناداں کے بارے میں سوچتا ہوں تو ہنسی آتی ہے۔۔۔ کیا دن تھے اور کیا خواہشیں تھی۔۔۔ تمہاری طرف قدم بڑھاتے ہوئے میں نے سوچا بھی نہیں کہ تم ڈیوٹی پر ہو گے یا آف ہو گے۔ تم مل گئے، ہم مل بیٹھے، تم نہ ملتے، میں انہی قدموں سے لوٹ جاتا۔۔۔ کیا ضروری ہے کہ خواہش کی تکمیل خوشی بن جائے اور خواہش پوری نہ ہو تو ماتم۔ ماتم یا خوشی از خود کوئی اہم چیز نہیں ہے۔ اول اور آخر احساس ہے۔۔۔

احساس اپنی ذات کا جو حاصل و محرومی سے بے نیاز ہے، جو نہ ذلت محسوس کرتا ہے، نہ احسان قبول کرتا ہے، جس کے لئے راستے ٹیڑھے ہیں نہ سیدھے۔۔۔ میں بک تو نہیں رہا ڈاکٹر ماتھر میرے!"

ڈاکٹر ماتھر نے کہا۔

"تم بے حسی کی منزل پر پہنچ گئے ہو نگم!"

"ممکن ہے، تم صحیح ہو! مجھے کوئی حق نہیں پہنچتا کہ تمہاری رائے کو جھٹلاؤں۔۔۔ میرے لئے تو اب الفاظ اپنے معنی کھو بیٹھے ہیں۔۔۔ ایک دن میں ٹی ہاؤس میں خالی الذہن بیٹھا ہوا تھا میرے پاس ہربنس اور کرشن بیٹھے ہوئے تھے۔ میری نظریں ادھر ادھر گھوم رہی تھیں اور میرے خالی ذہن میں کوئی جذبہ خیال پیدا کرنے کے لئے کوشاں تھیں۔۔۔ دو صوفے چھوڑ کر نول پوری بیٹھا ہوا تھا اور میری طرف دیکھ رہا تھا۔ ہربنس کی کسی زیادتی کے پیش نظر وہ ہربنس کے ساتھ بیٹھنا اپنی توہین سمجھتا تھا۔ اس لئے وہ الگ بیٹھا ہوا تھا۔ اس کی آنکھیں مجھ سے کہہ رہی تھیں، ادھر آؤ۔۔۔ تم جانتے ہی ہو میرے اور نول پوری کے تعلقات کو، ایک دو قالب تھے ہم کبھی۔۔۔ اس دن میرا خالی ذہن میرے لئے نئی زندگی ڈھونڈ لایا۔۔۔ بھئی، میں جہاں بیٹھا ہوں، بیٹھا ہوں۔ نہ ہربنس میری توہین کر سکتا ہے نہ نول پوری میری عزت۔۔۔ نہ ہربنس میرا دشمن ہے اور نہ نول پوری میرا دوست۔۔۔ میں اپنے آپ میں سب کچھ ہوں۔۔۔

لوگ کہتے ہیں، نول پوری کے پاس اچھی نوکری ہے، اچھی بیوی ہے۔۔۔ وہ پانچ بجے آفس سے اٹھتا ہے، ساڑھے پانچ بجے گھر پہنچ جاتا ہے۔ سات بجے ٹی ہاؤس

پہنچتا ہے اور پھر ساڑھے نو بجے گھر پہنچ جاتا ہے۔۔۔ اوقات کی یہ ترتیب اس کی Domestic harmony قائم کئے ہوئے ہے۔۔۔ مجھے پتہ ہی نہیں، میں کب اٹھتا ہوں، کب سوتا ہوں۔ مر گیا تو کوئی رونے والا بھی نہیں۔ میرے لئے نہ تو نول پوری کی زندگی قابل رشک ہے اور نہ ہی میری اپنی زندگی باعث ندامت "میں" ہوں اور بس۔"

"میں کیا کہہ سکتا ہوں۔۔۔ وہ مجھے نائی کہتا ہے۔۔۔ وہ مجھے چاہے نائی کہے یا موچی۔۔۔ کیا فرق پڑتا ہے۔۔۔! "میں" نائی بھی ہو سکتا ہے، موچی بھی اور بھنگی بھی۔ اور اگر "میں" صاحب اختیار ہے تو آئن اسٹائن بھی۔۔۔! "وہ" کچھ نہیں ہو سکتا۔ وہ ہجوم ہو سکتا ہے، بھیڑ ہو سکتا ہے۔۔۔ شور و غل، ہنگامہ، میں میں، چیں چیں۔۔۔ تم مسکرا رہے ہو ماتھر!"

ماتھر نے کہا،

"مجھے تم سے ڈر لگ رہا ہے نگم!"

ارے نہیں بھائی میرے ایسی کوئی بات نہیں اگر مجھے سڑک کے پار جانا ہے تو ہری بتی کے سگنل کے سمے بھی جانا ہے اور اگر نہیں جانا تو لال بتی کے سگنل کے سمے بھی نہیں جانا۔۔۔! اتنے میں ٹیلیفون کی گھنٹی بج اٹھی۔

ماتھر نے ریسیور اٹھایا۔

"Casuality Deptt۔۔۔ کہاں کشمیری گیٹ؟ ابھی بھیجتا ہوں۔۔۔ پالی ڈرائیور کو بلاؤ۔۔۔ نگم تم گھر جا رہے ہو؟ ایمبولینس کشمیری گیٹ تک جا رہی ہے، تم وہاں اتر جانا۔۔۔ پالی، ڈرائیور کو بلاؤ بھئی!"

"اچھا پیارے!"

ڈرائیور کے پاس بیٹھتے ہی اس نے سگریٹ سلگایا۔

"چل پیارے، بہت کروٹیں بدل چکے۔"

ایمبولینس سرپٹ دوڑ رہی تھی۔

فیض بازار ویران پڑا تھا۔ اوپر تلے مخلوق سوئی ہوئی تھی۔ سارا بازار دودھیا روشنی سے جگمگا رہا تھا۔ اتنی تیز روشنی میں بھی لوگوں کو نیند آ گئی تھی۔

آزاد پارک اور لال قلعہ کا میدان سونا پڑا تھا۔ روشنی کم تھی۔ لال قلعہ کی دیوار بے حسی سے کھڑی تھی۔ خلا میں وائرلیس Poles کی سرخ آنکھیں بنا پلک جھپکائے جانے کیسے تک رہی تھیں۔

کشمیری گیٹ تک وہی سناٹا تھا۔

کشمیری گیٹ کے چوراہے پر ایمبولینس رکی۔۔۔ قریب ہی ایک شخص اوندھے منہ زمین پر پڑا تھا اور فاصلے پر ایک کار کھڑی تھی۔ اس نے ایمبولینس سے اترتے ہوئے اوندھے منہ پڑے ہوئے شخص کو دیکھا اور سگریٹ سلگایا۔

"چلو اپنا یار ڈاکٹر مصروف رہے گا۔"

اس کے قدم شہر کی فصیل سے باہر کی طرف اٹھ رہے تھے فصیل سے باہر آنے پر اسے سردی لگی۔ اس نے جیکٹ کا گرا ہوا کالر پھر اٹھا دیا اور آہستہ آہستہ علی پور کی جانب بڑھنے لگا۔

اس کے پاؤں سن ہو رہے تھے اور وہ بوجھل قدم اٹھاتا آہستہ آہستہ بڑھ رہا تھا۔ زمین کی ساری ٹھنڈک تلوؤں سے اس کے جسم میں سرایت کر رہی تھی۔ اس

نے جھک کر پاؤں کی جانب دیکھا۔ وہی ایک پٹی والی اس کی محبوب چپل اس کے پاؤں میں تھی۔ مگر چپل کا وجود، عدم وجود میں منتقل ہو گیا تھا۔

اس نے سگریٹ لبوں سے ہٹا کر گہرا طویل سانس کھینچا۔ اس کے پھیپھڑوں میں برف کی ایک لکیر سی کھنچ گئی۔ وہ بھیگے ہوئے پرندے کی طرح پھڑپھڑایا اور تیزی سے قدم اٹھانے لگا۔

شہر کا یہ علاقہ ــــ شہر کے اس علاقے کی رات خوب تھی۔

سڑک کالی اور چکنی تھی، روشنیاں مدھم تھیں۔ کنارے پر بنی ہوئی کوٹھیاں اور دفتر پرانی وضع قطع کے تھے اور پیڑ گھنے تھے۔ ہر فرلانگ پر قدرے تیز روشنیوں والے پٹرول پمپ بنے ہوئے تھے۔

دور دور تک سناٹا پھیلا ہوا تھا۔

اندر پرستھ کالج کے باہر جہاں دن بھر چڑیاں چہچہاتی رہتی تھیں اور عقاب پر تولے منتظر رہتے تھے، اب وہاں الو بھی نہیں بول رہے تھے۔

اس نے سگریٹ سلگایا۔

"شہر بھی خوب ہے ــــ رات کو ہجوم کی خاموشی، شہر کی خاموشی بن جاتی ہے، اور دن کو ہجوم کا شور، شہر کا شور ــــ!"

اولڈ سکریٹریٹ کے قریب اس کے قدم رک گئے، اس کے کانوں کے پاس سائیں سائیں سے ایک آواز نکل گئی۔

اس نے چاروں طرف دیکھا۔

فلیگ اسٹاف روڈ کی جانب سے اسے سپاہی کی ٹوپی بڑھتی ہوئی دکھائی دی۔

"کون ہے وہاں؟"

وہ کھڑا رہا۔

سپاہی قریب آیا۔

"کیا کر رہے ہو؟"

وہ مسکرا دیا۔

"آوارگی!"

سپاہی کی سمجھ میں کچھ نہ آیا۔

"راتوں کو گھومنا جرم ہے۔"

وہ پھر مسکرایا۔

"تو آوارگی جرم ہے!"

سپاہی نے ذرا بوکھلا کر کہا،

"میرے ساتھ چلو، سول لائنز تھانے تک!"

سپاہی نے اس کا بازو تھام لیا۔

وہ پھر مسکرایا۔

"چلو!"

سپاہی کی گرفت ڈھیلی پڑ گئی۔

اس نے سپاہی کی طرف سگریٹ بڑھایا اور آگے بڑھ گیا۔

علی پور روڈ اس کا ساتھ نہ دے سکی۔

وہ مال روڈ پر پہنچ گیا اور پھر دھیمے دھیمے گنگزوے۔

قمقموں کی سیدھی زنجیر خلا میں معلق تھی اور جہاں قمقموں کی زنجیر نیم کے پیڑوں کے جھنڈ کی وجہ سے ٹوٹتی تھی، وہاں اس کا گھر تھا۔

اس نے سگریٹ سلگایا ہی تھا کہ ایک کار اس کے قریب آن رکی،

"آپ ماڈل ٹاؤن تک چل رہے ہوں، تو آیئے۔"

اس نے کار کا دروازہ کھولا اور بیٹھ گیا۔

کار چل پڑی۔

اس نے سگریٹ کا طویل کش کھینچا، کار کے اندر پھیلے ہوئے اندھیرے میں سگریٹ کا شعلہ چمکا۔

"سگریٹ مت پیجئے!" ---Don't mind

"کار روک دیجئے! I'll get down here"

سگریٹ اس کے لبوں میں کانپ رہا تھا۔

کار ایک جھٹکے سے رک گئی۔

وہ دروازہ کھول کر اتر گیا۔

کار ایک جھٹکے سے، تیزی سے چل پڑی۔

اس نے قدم بڑھائے۔ قمقموں کی ٹوٹی ہوئی زنجیر کے پاس، نیم کے پیڑوں کے جھنڈ کے پیچھے، اسے اپنا گھر نظر آ رہا تھا---

***

۳

انا کا زخم

شاید تیسرا دور تھا۔ بھکنے کی منزل تو ابھی بہت دور تھی مگر سرور کا گہرا رنگ سب پر چڑھ چکا تھا۔ خدا جانے کس طرح بات چیت ذاتی پسند اور ناپسند پر رک گئی۔ میں نے غور سے سنا راہی کہہ رہا تھا۔

"یارو! میں ان بچوں کو پیار کرتا ہوں، بار بار چومتا ہوں۔ جو ماں باپ سے چار چوٹوں کی مار کھاتے ہیں مگر ان کا کہا پھر بھی نہیں مانتے ہیں۔ جو ہر حادثے سے بے نیاز ہو کر سڑک کے عین بیچ میں گلی ڈنڈا کھیلتے ہیں اور گلی سے کبھی کبھی کسی کار کا شیشہ بھی توڑ دیتے ہیں۔ جو محلے کے بزرگوں کی موٹے موٹے شیشوں سے ڈھکی ہوئی آنکھوں میں دھول جھونکنے کے ماہر ہیں۔ جن کی وجہ سے تمام سال استاد کی ناک اور کان کی لویں غصے کے مارے سرخ رہتی ہیں، مگر جو تمام سال کھیل کود میں مصروف رہنے کے باوجود بھی ماں باپ اور استاد کو شرمسار کرنے کے لئے امتحان میں اچھے نمبر حاصل کرتے ہیں۔

مجھے وہ نوجوان اچھے لگتے ہیں، جن پر ہر وقت سنجیدگی مسلط رہتی ہے۔ جو بہت کم بولتے ہیں مگر جن کے سینے میں آٹم بم چھپا رہتا ہے۔ اور مجھے ان فنکاروں سے

عشق ہے جو جوانی کے عالم ہی میں ایک عالم کو روتا چھوڑ گئے ہوں۔ جنہیں زمانے نے کچلا ہو، پاگل خانے بھیجا ہو، عدالتوں میں گھسیٹا ہو مگر جنہوں نے محض اپنی ہمت، اپنی ذہانت کے بل بوتے پر زمانے کو سر کے بل چلنے پر مجبور کیا ہو۔ اور جن کی جواں مرگی پر زمانہ خون کے آنسو رویا ہو۔"

میں گزشتہ دو ماہ سے راہی کی ہر بات ناپ تول رہا تھا۔ میری دلی خواہش تھی کہ وہ کہیں لغزش کھائے اور میں اسے آڑے ہاتھوں لوں۔ میں اس سے چڑ گیا تھا۔ اس کی ہر بات، اس کا ہر عمل اس کی انا کی کیل کو ہم دوستوں کے سروں پر گاڑ دیتا تھا۔ یہی وجہ تھی کہ مجھے اس سے نفرت سی ہوتی چلی جا رہی تھی۔ میں اس کی انا کے خول کو توڑ دینا چاہتا تھا جو اس نے اپنی ذات کے اوپر چڑھا رکھا تھا۔

ہم سب دوست موڈ میں تھے اور چھک چھک کر وہسکی پی رہے تھے۔ راہی کی آنکھوں کی وسعت بتا رہی تھی کہ وہ سرور میں آ چکا ہے۔ پھر جانے کیا ہوا کہ اس نے اپنی پسند کو، اپنے مخصوص لہجے میں، ایک ایک لفظ کو انفرادیت بخشتے ہوئے ہماری طرف اچھال دیا۔ اس کی بات سن کر میں نے سب کا بغور جائزہ لیا، مگر سب ہلکے سے رد عمل سے بھی کوسوں دور تھے۔ میں راہی کے بارے میں حساس تھا، اس لیے مجھ پر سخت رد عمل ہوا۔ راہی کی پسند میں اس کا کردار، اس کا بچپن اور اس کی جوانی پوشیدہ تھی۔ اور جواں مرگ فنکاروں سے اس کا عشق اس کے اپنے مستقبل کی طرف اشارہ تھا۔ اس کی پسند اس کے عمل کی تخلیق تھی اور اس کا عمل بچپن ہی سے احترام، آداب، رسم ورواج، غرض ہر بات سے بغاوت رہا تھا۔

میرا موڈ فنا ہو چکا تھا۔ وہسکی کا ہر جرعہ اب کڑوی دوا کے مترادف تھا۔ میں نے

چند لمحے غور کرنے کے بعد راہی کی ٹانگ گھسیٹنا چاہی۔ میں نے کہا۔ "ایک کردار تو ہر شخص کا ہوتا ہے، دوسرا کردار کچھ لوگ اپنی اہمیت دوسروں پر لادنے کے لئے اوڑھ لیتے ہیں۔ مجھے تو بس یہ دوسری قسم کا کردار ناپسند ہے۔ اور مجھے باقی کی ہر شے پسند ہے۔"

میں نے راہی پر سیدھا حملہ کیا تھا۔ اب سب چونکے۔ راہی مسکرایا اور پھر بے نیازی سے کہنے لگا۔ "بلراج ہم سب دوستوں میں سب سے زیادہ ایماندار ہے۔ چند لمحے سوچنے کے بعد اس نے جو کچھ کہا ہے، اس میں اس نے اپنی ذات کو بھی نہیں بخشا۔ اگر تم سب سوچو، اپنے من کو ٹٹولو، تو بلراج کی بات کی صداقت سے انکار ممکن نہیں۔ اچھا، بلراج ہی کو لو۔ ایک کردار تو یہ ہے کہ تیس دن کی مشقت کے بعد ایک سو چالیس روپے ملتے ہیں۔ اور گھر کے پانچ افراد نمک، پیاز، اور روٹی کھا پاتے ہیں اور ایک کردار یہ ہے کہ یہاں وھسکی پی جارہی ہے۔ اس دوسرے کردار کو نوچ پھینکا جاسکتا ہے، مگر بلراج حساس ہے، اس لیئے خود فریبی کا سہارا بڑے خلوص سے قبول کرتا ہے۔۔۔ تو یارو، ایک ڈبل پیگ، بلراج کے نام!"

راہی نے اطمینان سے مجھ پر جوابی حملہ کیا تھا۔ اس کے جوابی حملے میں میری زندگی کی بڑی بھیانک حقیقت چھپی ہوئی تھی۔ میں نے خاموشی سے اپنی شکست کے نام معنون ڈبل پیگ ایک ہی گھونٹ میں اپنے اندر لگی ہوئی آگ کو تیز کرنے کے لئے انڈیل لیا اور محفل سے اٹھ آیا۔

۱۹۵۰ء کی بات ہے، میں سناتن دھرم اسکول میں ہائر سکینڈری کے فائنل ایئر میں تھا۔ ان دنوں راہی نے کلاس میں داخلہ لیا۔ چھ ماہ تک تو میں اس کی طرف متوجہ

ہی نہ ہوا۔ میرا کلاس کے تین چار ذہین طلبہ میں شمار ہوتا تھا۔ اس لیے برتری کا احساس مجھے اپنے ہم جماعتوں کی صحبت سے دور رکھتا تھا۔ اس کے علاوہ ان دنوں راہی میں کوئی خوبی بھی دکھائی نہیں دیتی تھی۔ دبلا پتلا بیمار سا جسم گہری سانولی رنگت، گہرے سیاہ حلقوں میں گھری ہوئی اور کچھ بہت ہی زیادہ اندر کو دھنسی ہوئی آنکھیں، پورے چہرے پر ہڈیوں کی کھپچیوں پر منڈی ہوئی کھال، لباس سے لاپروائی کا اظہار اور پھر کلاس میں اس کا سب سے آخری بنچ پر تن تنہا بیٹھے رہنا۔ میں اس کے قریب کیسے جاسکتا تھا؟ مگر کچھ عرصہ بعد ان احساسات کے باوجود میں نے ہی اس کی صحبت میں رہنے کی جستجو کی۔

سالانہ امتحان کے قریب دوماہ پہلے ہمارے انگریزی کے استاد کالرہ صاحب نے ڈکنز (Dickens) کا ناول ڈیوڈ کاپر فیلڈ (David Copperfield) پڑھاتے ہوئے اچانک راہی سے ایک سوال پوچھا۔ راہی حسب معمول سب سے آخری بنچ پر بیٹھا ہوا تھا اور کالرہ صاحب اپنی کرسی پر۔ کالرہ صاحب نے سوال پوچھا تو سب لڑکے راہی کی جانب دیکھنے لگے۔ راہی سر جھکائے شاید کچھ گنگنا رہا تھا۔ اسے علم ہی نہیں تھا کہ اس سے سوال پوچھا جارہا ہے۔ کالرہ صاحب اس کی ذہنی غیر حاضری سے بھنا گئے اور زور سے چلائے۔

"یو ایڈیٹ یو۔۔۔" (You Idiot! You!) کلاس کے سناٹے کو کالرہ صاحب کی چیخ نے توڑا تو راہی کو اپنی غفلت کا احساس ہوا۔ فوراً ہی کھڑا ہو کر اس نے کہا۔ "جی!"

کالرہ صاحب اور زور سے چلائے۔

"یو ایڈیٹ۔۔۔ویر ویر یو!" (?You idiot! Where were you)

کالرہ صاحب نے اتنی ہی بات کہی تھی کہ راہی کے کمزور ہاتھوں کی گرفت میں دوات آگئی اور آن کی آن میں دوات کالرہ صاحب کے منہ پر تھی۔ دوات کالرہ صاحب کی آنکھ کے نیچے ابھرے ہوئے گال پر لگی۔ ان کا منہ لہو سے بھر گیا۔ کپڑے سیاہی سے لت پت ہو گئے۔

اس حادثے کے بعد ایک ہنگامہ ہو گیا۔ پرنسپل صاحب راہی کو اسکول سے نکالنا چاہتے تھے مگر راہی کے والد، جو بہت بڑی فوجی شخصیت تھے، کی یہ دھمکی تھی کہ وہ عدالت میں سب کو قطار میں کھڑا کر دیں گے۔ بات دب گئی۔ راہی اسکول کا ہیرو تھا۔ مگر 'اسی طرح وہی آخری بنچ' لباس سے لاپروائی اور خاموشی۔

اس حادثے سے پیشتر میں راہی کو کلرکوں کے کسی خاندان کا فرد سمجھتا تھا مگر یہ جان کر کہ ایسا نہیں ہے اور اس حادثے سے راہی کے وقار کے اظہار نے مجھے اس کے بارے میں سوچنے پر مجبور کر دیا۔ کئی دن تک متواتر وہ دن رات میرے ذہن پر سوار رہا، آخر چند دن بعد انٹر اسکول کرکٹ فائنل میں جس میں ہمارا اسکول داخل ہو چکا تھا، مجھے راہی سے بات کرنے کا موقع مل گیا۔

راہی تھرمس سے کپ میں بیئر انڈیل رہا تھا۔ میں نے قریب جا کر کہا، "کیا خیال ہے آپ کا؟ ہم جیت جائیں گے۔"

اس نے میری طرف دیکھا ور میری بات کو نظر انداز کرتے ہوئے مجھ سے پوچھا، "بیر پیو گے؟"

میں نے اچنبھے سے کہا، "بیر!"

"ہاں بیر۔۔۔" Nothing like beer, nothing like coffee and
"noting like cricket

"Nothing like cricket" کے پیش نظر میں نے کہا، "تو آپ کرکٹ کا ذوق رکھتے ہیں۔"

"نہیں اب نہیں۔ کبھی کبھی میچ دیکھنے چلا جاتا ہوں۔ ایک حادثے کی نذر ہوگیا، یہ جان لیوا شوق۔۔۔!"

میں اس حادثے کے بارے میں استفسار کرنے ہی والا تھا کہ اس نے خود ہی کہا۔ "۔۔۔ ہم بنگلور میں تھے، ملٹری کیمپ جلاہلی میں۔ میرا اور روشن کا کوئی ثانی نہیں تھا۔ ہم ونوں ایک ہی ٹیم میں تھے۔ جب ہم دونوں کھیلتے تھے تو بڑے بڑے باؤلروں کے پسینے چھوٹ جایا کرتے تھے، ہماری ٹیم کی جیت پتھر کی لکیر کی مانند ہوتی تھی۔ مسلسل جیتنے رہنے نے میرا جان لڑا دینے کا جذبہ سرد کر دیا تھا۔ اس لیے میں مخالف ٹیم میں شامل ہوگیا تاکہ اور کوئی نہیں تو روشن ہی سے دو دو ہاتھ ہو جایا کریں۔ ایک بار کیمپ کرکٹ لیگ کے فائنل میں روشن کی ٹیم اور ہماری ٹیم پہنچ گئی۔ میچ ہو رہا تھا۔ تمام ملٹری افسر، ان کی بیویاں، بچے، سب کرسیوں پر بیٹھے ہوئے تھے۔ ہمارے کرکٹ میچ کیمپ کی واحد دلچسپی تھے۔

اتفاق کی بات یہ ہے کہ میں بالنگ کر رہا تھا اور روشن بیٹنگ۔ اسی وقت دور سے روشن کو اس کی محبوبہ رین بو آتی دکھائی دی۔ ایمپائر سے بات کرنے کے بہانے اس نے میرے پاس آکر مجھے لوز (Loose) بال پھینکنے کو کہا کہ وہ اپنی محبوبہ کے سامنے چھکا لگا سکے۔ میں نے اس کی بات کو نظر انداز کرتے ہوئے اپنی طرف سے

بڑا خطرناک بال پھینکا۔ وہ آگے بڑھا اور بال وکٹوں کے بیچ میں تھی۔ وہ دن اور آج کا دن، میرے اور روشن کے درمیان جو کچھ تھا، سب ختم ہو چکا ہے۔۔۔"

خدا جانے اس کی اس بات میں کہاں تک صداقت تھی مگر مجھے اس بات نے متاثر کیا۔ اس ملاقات کے بعد ہم کئی بار ملے مگر یہ ملاقاتیں میری کوششوں کا نتیجہ تھیں۔ سالانہ امتحان کے بعد بھی میرے اصرار کرنے پر وہ مجھے کئی بار کناٹ پیلس میں ملا۔ میں نے کالج میں داخلہ لے لیا تھا اور اس نے پڑھائی ختم کر دی تھی۔ مجھے تعجب ہوتا تھا کہ اس کے والد نے اسے اور پڑھنے پر کیوں مجبور نہیں کیا۔ میں کئی بار اس کے گھر گیا تھا۔ وہ اور اس کے والد گہرے دوستوں کی طرح بے تکلف تھے۔ میں نے محسوس کیا کہ اس کے والد نے اس کی زندگی کے دھارے کو آپ سے آپ بہہ نکلنے اور راستہ تلاش کرنے کے لئے چھوڑ دیا ہے۔ ان کا کام تو صرف راہی کی آسودگی کے لئے ہر شے مہیا کرنا ہے۔

میں پانچ سال میں راہی کو اچھی طرح جان گیا تھا۔ اس کی Nothing Like فہرست میں ادب اور پانامہ سگریٹ بھی شامل ہو گئے تھے۔ اسکول کی زندگی تک تو اسے اپنے وجود کا احساس غیر شعوری طور پر تھا، مگر اب اسے اپنے وجود کی اہمیت ہر وقت رگوں میں خون کے ہمراہ گردش کرتی ہوئی محسوس ہوتی تھی۔ اس کی پسند، اس کا عمل اور اس کا کردار سماج کے سخت اور بھونڈے اصولوں کے مطابق نہ تھا۔ اس کے والد اور اس کے چند دوستوں کے علاوہ اسے قریب قریب ہر شخص نفرت کی نگاہ سے دیکھتا تھا، اس لئے وہ اپنے اصولوں پر شدت سے عمل کرنے لگا تھا۔ اس کے اصول یہی تھے کہ جسے زمانہ اپنائے، اسے ٹھکرا دو، جس کام کو زمانہ برا سمجھے،

اسے کر گزرو۔ یہی وجہ تھی کہ اس کی شادی نہیں ہو پاتی تھی۔ نوکری وہ کرتا نہیں تھا۔ رات کو گھر آتا تو رات رات بھر کمرے کیبتی جلتی رہتی تھی اور وہ ناول پڑھتا رہتا تھا اور اگر وہ گھر نہیں آتا تھا تو ہفتوں نہیں آتا تھا۔

"اب کون نکھٹو، دبلے پتلے، بیمار سے راہی کو لڑکی دیتا۔"

حالانکہ ایسے خاندان کے لئے لوگ ترستے ہیں۔ میرے سامنے ایک بار اس کے والد نے کہا، "بیٹا! میجر رام لال کا رویہ انکار کا سا ہے۔ شاید ان کی لڑکی ششی رشتے پر رضامند نہیں۔"

راہی نے ایسی بات کہی کہ میں چکرا گیا، "ڈیڈی! میجر رام لال کی لڑکی ششی کے بارے میں کہہ رہے ہیں آپ؟ وہ راضی نہیں۔ مگر تعجب ہے ڈیڈی، ابھی تھوڑے دن ہوئے اس نے خوشی سے اپنا جسم مجھے سونپ دیا تھا۔۔۔ یہ پڑھی لکھی لڑکیاں بھی خدا جانے کیا ہوتی ہیں؟"

یہ تھا اس کا کردار ان گنت رعنائیاں لیے ہوئے۔ ششی نے سماج کے ڈر سے اسے اپنانے سے انکار کر دیا تھا، مگر اسے چند لمحوں کے لئے پانے کے لئے اپنے جسم کی دولت لٹانے سے گریز نہیں کیا تھا۔۔۔ یہ راہی کی جیت بھی تھی اور ہار بھی۔۔۔ جیت اس کے خون میں شامل ہو جاتی تھی اور ہار وہ سمجھ ہی نہیں پاتا تھا۔

میں نے راہی کو جتنا قریب سے دیکھا، اتنا ہی اس کے بارے میں سوچا اور جتنا اس کے بارے میں سوچا، وہ اتنا ہی میرے قریب آگیا۔ اور نئے نئے انکشافات مجھ پر ہوئے۔۔۔ ہم دس بارہ دوستوں میں سبھی دوست راہی کی وجہ سے ہی ایک دوسرے سے متعارف ہوئے تھے۔ وہ کہتا تھا، "میں فوارہ ہوں اور تم سب میری دھاریں!"

ہم میں سے ہر ایک نے خود اپنی اپنی جگہ پر راہی سے راہ و رسم بڑھانے کی پہل کی تھی۔۔۔ اس کی غیر موجودگی میں سب دوست صرف اس کے بارے میں باتیں کرتے تھے۔ ایک چھوٹی سی دنیا میں صرف وہی وہ تھا جہاں اس کی انا کی بادشاہت تھی۔

کوئی دو سال ہوئے، ٹی ہاؤس میں ایک صاحبہ رما واسو دیوا کا بہت ذکر ہونے لگا۔ رما جرنلسٹ تھی اور دو سال لندن میں رہ کر واپس دلی آئی تھی۔ ہم لوگوں نے بھی اس کا اچھا خاصا ذکر کیا کہ قیامت ہے، خراماں خراماں چلتی ہے تو دل رک جاتے ہیں۔ ٹی ہاؤس کا مالک رام سنگھ بات کرتے ہوئے گھگھیاتا ہے۔ آدھا Inteligentsia تڑپ رہا ہے۔۔۔

راہی نے سب باتیں مشکل ہی سے برداشت کی ہوں گی کیوں کہ دو ماہ بعد غیر متوقع طور پر وہ رما کی کمر میں ہاتھ لپیٹے ٹی ہاؤس میں داخل ہوا۔ Inteligentsia کے لبوں سے سگریٹیں چھوٹ کر ٹیبل پر جا گریں۔ اس دن کے بعد ہم نے رما کو اکیلا کبھی نہیں دیکھا۔ وہ اور راہی اکٹھے گھومتے ہوئے نظر آئے۔

مجھ سے انجانے میں صرف ایک بھول ہو گئی تھی، جس کی وجہ سے دو ماہ سے ہر محفل میں راہی مجھے نشانہ بنا رہا تھا۔ پہلے پہل تو میں خاموش رہا، مگر راہی کے ساتھ اتنے سال اکٹھے رہنے کی وجہ سے مجھے بھی اپنی ذات کا احساس ہو گیا تھا، اسی لیے میں نے بار بار اس کے سامنے ڈٹ جانے کی کوشش کی مگر ناکام رہا۔ مجھ سے چھوٹی سی یہ بھول ہو گئی تھی کہ میں نے راہی کو تین بجے ٹی ہاؤس پہنچنے کو کہا تھا اور پھر ہمارا ارادہ فلم دیکھنے کا تھا۔ اتفاق سے میں بھول گیا۔ دوسرے دن راہی سے ملاقات ہوئی تو کہنے

لگا، "بلراج! معاف کرنا۔ میں کل تین بجے آ نہ سکا۔"

اس کا لہجہ قدرے تیکھا تھا مگر میں نے غور نہ کیا کیوں کہ یہ اس کے موڈ کی وجہ سے بھی ہو سکتا تھا۔ مگر شام کو ٹی ہاؤس کے ویٹر سوامی نے، جو راہی کو بہت پیار کرتا ہے، مجھے کہا، "کل ساب بہت ویٹ کیا۔ ساب آگ کے مافک تھا جو پاس آکر بیٹھا جل گیا۔۔۔" یہ تھی میری چھوٹی سی بھول۔ وھسکی کے سرور میں راہی نے مجھ پر بھیانک حملہ کیا تھا، اس وقت تو میں قریب قریب روتا ہوا اپنی مجروح ذات کو گھر لے آیا۔

مگر میں نے ٹھان لی کہ راہی کو انا کے خول سے باہر نکال کر ہی دم لوں گا۔۔۔ مجھے اپنی بھول کا احساس تھا مگر اسے دوستی کا احساس نہیں تھا۔ میں نے بڑے بڑے پروگرام بنائے، ذہن میں نقشے تیار کئے مگر رد کر دیے۔ آخر دن رات کی مسلسل اور کربناک سوچ سے پتہ چلا کہ راہی کی شخصیت کا راز اس کی اہمیت ہے، جس کا اسے احساس ہے۔ اس کی اہمیت کو نظر انداز کیا جائے تو اس کی انا مجروح ہو گی اور اس کا انا سے تعمیر کردہ کردار گھروندے کی صورت بیٹھ جائے گا۔

میں نے اپنے گھر دعوت کا انتظام کیا۔ سب دوستوں سے مل کر انہیں شمولیت پر آمادہ کر لیا۔ کسی کے خواب میں بھی یہ بات نہیں آسکتی تھی کہ میں نے ابھی تک راہی کو دعوت پر نہیں بلایا ہے، جس کی شمولیت از حد ضروری تھی۔ جب سب راضی ہو گئے تو میں نے راہی سے کہا،

"بھائی جان، کل گھر پر مختصر سی صحبت رہے گی۔ سب کو مشکل سے راضی کیا ہے۔ آپ کو پہلے اس لیے نہیں کہا کیوں کہ آپ تو اپنے ہی ہیں، اور پھر آپ کو جب

چاہیں، جہاں چاہیں پکڑ لے جاسکتے ہیں۔ تو کل شام آپ ضرور آیئے گا۔"

راہی کو فنا کرنے کے لئے میری دانست میں اتنا کافی تھا۔ میں نے بھرپور اور غیر متوقع طمانچہ مارا تھا کہ سب دوست مشکل سے راضی ہوئے ہیں۔ اور وہ، اس کی کوئی بات ہی نہیں، اس کی شمولیت قریب قریب غیر ضروری ہے۔ ہم دس بارہ دوستوں کی دنیا، جہاں اس کی انا کی بادشاہت تھی، میرے انتقام سے لرز گئی تھی۔

راہی تھوڑی دیر خاموش رہا۔ اداس، فکر مند، جیسے کوئی بہت بڑا فیصلہ کر رہا ہو۔

آخر اس نے کہا، "کل شام کس وقت؟"

میں نے فتح سی محسوس کرتے ہوئے جواب دیا، "سات بجے۔""

اس نے اپنی خطرناک مسکراہٹ کے ساتھ مجھے زندگی بھر کے لئے فنا کر دیا۔

" بھئی معاف کرنا۔ میں کل شام چھ چالیس کی گاڑی سے بمبئی جا رہا ہوں۔"

دوسرے دن سب دوست اسے رخصت کرنے اسٹیشن پر گئے، اس لیے میرے ہاں دعوت پر نہ آسکے۔

اس کی انا جسے میں انڈے کا خول سمجھتا تھا، قلعہ تھی جس میں وہ زمانہ بھر کی سرد مہری سے محفوظ تھا۔ زندہ تھا، اور میں، میری انا شدید طور پر مجروح ہو گئی تھی اور وہ زخم اب میری روح کا ناسور بن چکا ہے!

***

۴

مقتل

کئی بار میرے پاؤں پھسلے اور ہر بار یوں ہوا کہ میری پسلیوں کا جال کیلوں میں پھنس گیا، میری آنکھوں کے گہرے گڈھے کیلوں میں الجھ گئے اور میں ٹنگ گیا اور منہ کے بل زمین پر گرنے سے بچ گیا۔ اگر میں منہ کے بل زمین پر گر جاتا تو میری موت ہو جاتی۔

مجھے چھت پر پہنچنا تھا۔۔۔ چار آڑی ترچھی دیواریں تھیں، چھت تھی۔۔۔ نہ کوئی دروازہ تھا نہ کھڑکی نہ روشن دان۔ دیواریں پتھروں کی تھیں یا اینٹوں کی، کچھ پتہ نہ چلتا تھا کہ ان پر پلستر کی موٹی تہہ چڑھی ہوئی تھی۔ دیواروں پر، انچ انچ پر ہاتھ بھر لمبی اور نوکیلی کیلیں گڑی ہوئی تھیں۔ دیواروں کے چاروں طرف ویرانی تھی اور سیاہی۔ ویرانی کہاں تک پھیلی ہوئی تھی اور سیاسی کہاں تک پھیلی ہوئی تھی، کچھ پتہ نہ چلتا تھا۔۔۔ اور مجھے وہاں کون پہنچ گیا تھا اور میں وہاں کب سے بھوکا پیاسا پڑا تھا، نہ میں یہ جانتا تھا اور نہ یہ کہ میں کون ہوں، کیا ہوں اور کہاں سے آیا ہوں اور مجھے کہاں جانا ہے؟

میں صرف اتنا جانتا تھا کہ پسلیوں کا ایک جال اور آنکھوں کے دو گہرے

گڈھے ہیں اور ان میں ایک نا آشنا کہرام برپا ہے۔۔۔ اور پھر میں نے ہاتھ بڑھایا تھا، میرا ہاتھ کیلوں سے ٹکرایا تھا اور میں نے انچ انچ پر، ہاتھ ہاتھ بھر لمبی اور نوکیلی کیلیں محسوس کی تھیں، جو مضبوط دیواروں میں گڑی ہوئی تھیں اور پھر میں نے ایک پتھر اچھال دیا تھا اور پتھر چٹاخ کی آواز بلند کرنے کے بعد اوپر ہی رک گیا تھا۔۔۔ اوپر چھت تھی اور پھر میں نے محسوس کیا تھا کہ مجھے چھت پر پہنچنا ہے۔

کئی بار میرے پاؤں پھسلے اور ہر بار یوں ہوا کہ پسلیوں کا جال کیلوں میں پھنس گیا، آنکھوں کے گہرے گڈھے کیلوں میں الجھ گئے اور میں ٹنگ گیا اور ہر بار میں نے کیلوں میں پھنسا ہوا جال اتارا نوکیلی کیلوں میں الجھے ہوئے آنکھوں کے گڈھے علیحدہ کیے اور پھر ایک ایک کیل تھامتا، ایک ایک کیل پر پاؤں جماتا چھت کی جانب بڑھا۔ دیواریں کتنی اونچی تھیں اور چھت کون سے آسمان پر تھی، کچھ پتہ نہ چلتا تھا کہ کوئی ستارہ نہ تھا۔۔۔ چھت کی جانب بڑھتے ہوئے کئی بار پھسلا، کیلوں میں ٹنگا، پھر بڑھا اور پھسلا اور یہ نہ پتہ چلا کہ کتنے ہاتھ پھسل جاتا ہوں اور کہ زمین سے کتنا اوپر ہوں اور آسمان سے کتنا نیچے ہوں اور کہ چھت کون سے آسمان پر ہے۔

پسلیوں کا جال، آنکھوں کے گہرے گڈھے، بھوک، پیاس، ویرانی، سیاہی، دیوار، نوکیلی کیلیں اور وقت۔۔۔ ان کا وجود رہا نہ احساس۔ احساس تھا ایک ناقابل بیان لذت کا کہ جس کی طلب بیٹھے بیٹھے ہنسا دے، بیٹھے بیٹھے رلا دے۔۔۔ اور پھر نہ جانے میں کب تک چھت پر آلتی پالتی مارے بیٹھے رہا، ہنستا رہا، روتا رہا۔

ہر سمت، دور، بہت دور، نظروں کی سرحد پر نیم روشن قہقہوں کی لکیر دائرے کی صورت کھنچی ہوئی تھی اور چھت مرکزی نکتہ تھی اور مرکزی نکتہ مجھے سمیٹے ہوئے تھا۔۔۔ مرکزی نکتے اور نیم روشن قمقموں کی لکیر کے درمیان ویرانی اور

سیاہی کی کتنی تہیں اوپر تلے چڑھی ہوئی تھیں، کچھ پتہ نہ چلتا تھا کہ چھت کی بلندی اور قمقموں کی لکیر کی پستی کے بیچ آوازوں کا کوئی سلسلہ موجود نہ تھا۔

چھت سنگ مرمر کے آڑے ترچھے ٹکڑوں سے جڑی ہوئی تھی۔۔۔ چکنی، یخ، آبدار چھت۔۔۔ سنگ مرمر کے آڑے ترچھے ٹکڑوں کے درمیان ہاتھ بھر لمبا، آڑا ترچھا شیشے کا ایک روشن ٹکڑا اجڑا ہوا تھا اور قریب ہی وہ پتھر پڑا ہوا تھا جو میں نے زمین سے اوپر اچھال دیا تھا اور جو چٹاخ کی آواز بلند کرنے کے بعد اوپر ہی رک گیا تھا اور میں نے محسوس کیا تھا، مجھے چھت پر پہنچنا ہے۔

میں نے ہاتھ بڑھایا۔۔۔ پتھر میرے ہاتھوں میں تھا۔۔۔ اور پھر میں نے محسوس کیا، پتھر کا سمبندھ ہاتھ بھر لمبے، آڑے ترچھے شیشے کے روشن ٹکڑے سے ہے۔ شیشے اور پتھر کا سمبند؟

پتھر، میں نے شیشے کے ٹکڑے پر پٹخ دیا۔۔۔ شیشہ، کرچ کرچ ٹوٹ گیا اور پتھر؟ اوپر اچھالی گئی چیز نیچے لوٹ آتی ہے، نیچے پھینکی گئی چیز اوپر لوٹ کر نہیں آتی۔۔۔ جب میں نے پتھر زمین سے اوپر اچھال دیا تھا، چٹاخ کی آواز بلند ہوئی تھی کہ پتھر زمین کی جانب لوٹتے ہوئے چھت پر رک گیا تھا لیکن شیشہ کرچ کرچ ٹوٹ گیا اور پتھر نہ جانے کون سی پستی کی جانب روانہ ہوا کہ کوئی آواز بلند نہ ہوئی۔

پستی کی آخری حد زمین تھی جو چار آڑی ترچھی دیواروں میں قید تھی یا زمین کا قلب، کچھ پتہ نہ چلتا تھا کہ آڑا ترچھا، روشن شیشہ ٹوٹنے پر آڑے ترچھے سنگ مرمر کے ٹکڑوں کے درمیان جب چھت نے آسمان کی طرف منھ کھولا، منہ سے نہ جانے کب کی مقید روشنی لپکنے لگی۔

دیکھتے دیکھتے آسمان کا ایک وسیع آڑا ترچھا ٹکڑا روشن ہو گیا لیکن کچھ پتہ نہ چلا

کہ چھت کون سے آسمان پر ہے اور کون سا آسمان چھت پر جھکا ہوا ہے اور زمین چھت سے کتنے آسمان نیچے ہے کہ آسمانوں کے درمیان اور آسمان اور زمین کے درمیان سیاہی جوں کی توں تھی اور ہر طرف، دور، بہت دور، نظروں کی سرحد پر، نیم روشن قمقموں کی لکیر دائرے کی صورت کھنچی ہوئی تھی اور چھت مرکزی نکتہ تھی اور مرکزی نکتہ مجھے سمیٹے ہوئے تھا اور مرکزی نکتے اور نیم روشن قمقموں کی لکیر کے درمیان ویرانی اور سیاہی کی کتنی تہیں اوپر تلے چڑھی ہوئی تھیں، کچھ پتہ نہ چلتا تھا کہ بلندی اور قمقموں کی لکیر کی پستی کے بیچ آوازوں کا کوئی سلسلہ موجود نہ تھا۔۔۔ میں نے محسوس کیا، مجھے پستی کی آخری حد پر پہنچنا ہے، جہاں سے کوئی آواز نہیں آتی۔

میں نے ایک نظر آسمان کے وسیع آڑے ترچھے روشن ٹکڑے پر ڈالی، ایک نظر نیم روشن قمقموں کی لکیر کو دیکھا اور چھت کے آسمان کی طرف کھلے ہوئے منہ میں کود پڑا۔

میں پستی کی آخری حد کی جانب گر رہا تھا۔۔۔ گر رہا تھا، مجھے کچھ پتہ نہ چلا، کتنا گر چکا ہوں اور ابھی کتنا گرنا ہے کہ زمین سے چھت کی بلندی کا تعین ہی نہ کر سکا تھا، چھت سے زمین کی پستی کا تعین کیسے کرتا اور یہ بھی تو پتہ نہ تھا، پستی کی آخری حد زمین ہے یا زمین کا قلب۔ زمین پر پاؤں جما کر زمین کے قلب کی پستی جانی جا سکتی ہے، زمین سے اوپر اٹھ کر، انجانی بلندیوں پر پاؤں جما کر، زمین کے قلب کی پستی کیسے جانی جا سکتی ہے؟

نیم روشن قمقموں کی لکیر، آسمان کا وسیع آڑا ترچھا روشن ٹکڑا، سنگ مرمر کے آڑے ترچھے ٹکڑوں سے جڑی ہوئی چکنی، یخ، آبدار چھت، بھوک، پیاس، ویرانی،

سیاہی، پسلیوں کا جال، آنکھوں کے گہرے گڈھے اور قت۔۔۔ ان کا وجود رہا نہ احساس۔ احساس تھا ایک نا قابل بیان لذت کا کہ جس کی طلب بیٹھے بیٹھے ہنسا دے۔ بیٹھے بیٹھے رلا دے۔۔۔ اور پھر نہ جانے میں کب تک پستی کی آخری حد پر آلتی پالتی مارے بیٹھا رہا، ہنستا رہا، روتا رہا۔

چار آڑی ترچھی دیواریں تھیں، چار مختلف زاویوں کے کونے تھے۔ دیواریں اتنی بلند تھیں کہ ختم ہوتی دکھائی نہ دیتی تھیں اور چھت؟ کچھ پتہ نہ چلتا تھا کہ چھت ہے یا آسمان ہے اور چھت کا منہ؟ کچھ پتہ نہ چلتا تھا کہ ہے بھی یا نہیں اور پستی کی آخری حد؟ چکنی مٹی سے لپا پتا کچا فرش۔۔۔ وہ کمرہ(؟) نا قابل بیان ہے کہ نہ تو وہ مربع تھا، نہ مستطیل اور نہ اس کی دیواریں متوازی تھیں۔

چاروں دیواریں بدی کی روشنی سے چمک رہی تھیں کہ ایک طرف پڑے ہوئے قدیم میز کی چھاتی میں ہاتھ بھر لمبے پھل والا چاقو پیوست تھا اور میز کی چھاتی سے باہر چاقو کے پھل کا جو حصہ رہ گیا تھا، اس سے بدی کی تیز روشنی پھوٹ رہی تھی اور میز کے قریب ہی چکنی مٹی سے لپے پتے کچے فرش پر وہ پتھر پڑا ہوا تھا، جو میں نے ہاتھ بھر لمبے شیشے کے آڑے ترچھے روشن ٹکڑے پر پٹخ دیا تھا اور شیشہ کرچ کرچ ٹوٹ گیا تھا اور پتھر نہ جانے کون سی پستی کی جانب روانہ ہوا تھا کہ کوئی آواز بلند نہ ہوئی تھی۔۔۔ پستی کی آخری حد پر پتھر بھی پڑا ہوا تھا اور میں بھی۔

میز کی چھاتی پر بوسیدہ جلد والی ایک فائل پڑی ہوئی تھی۔

دیواروں پر ایک ایک کینوس بھی آویزاں تھا۔۔۔ ایک دیوار پر آویزاں کینوس، چاندی کے بالوں والے ایک جھریاں بھرے چہرے کے آدمی کو قید کیے ہوئے تھا۔ دوسری دیوار پر آویزاں کینوس، چاندی کے بالوں والی ایک جھریاں

بھرے چہرے کی عورت کو قید کئے ہوئے تھا۔ تیسری دیوار پر آویزاں کینوس میں سیاہ بالوں والی ایک بھرے بھرے چہرے کی عورت قید تھی۔۔۔چوتھی دیوار سونی تھی۔ میں نے محسوس کیا، اس دیوار کا سوناپن میری سمجھ سے بالاتر ہے۔

میں نے بوسیدہ جلد والی فائل کھولی۔ ایک خستہ کاغذ بندھا پڑا تھا، جس پر تین کالم کھنچے ہوئے تھے اور کالموں میں نام، جرم اور سزائیں لکھی ہوئی تھیں۔

بوڑھا مرد؛لاعلمی؛گلے میں پھنداڈال کر موت۔

بوڑھی عورت؛ معصومیت؛دودھ میں زہر ملا کر موت۔

جوان عورت؛فریب؛سینے میں گولی مار کر موت۔

فائل میں ایک اور کاغذ بھی پڑاہوا تھا،جو بندھا ہوا نہیں تھا اور اس پر لکھا تھا،

اے کہ تو نے مجرموں سے سمبندھ رکھا، تیری سزا عمر بھر کی قید تنہائی ہے۔

اور پھر میری پسلیوں کے جال میں اور آنکھوں کے دو گہرے گڈھوں میں، ایک ناآشنا کہرام برپاہوااور پھر مجھے کچھ محسوس نہ ہوااور پھر میں نے وہ پتھر اٹھایا، جو میں نے اوپر اچھال دیا تھا اور پھر نیچے پٹخ دیا تھا اور پیشانی پر بھرپور ضرب لگائی۔ وہ پتھر اب بھی میرے پاس ہے۔

***

۵

ہوس کی اولاد

شادی کے قریب قریب گیارہ ماہ بعد ہمارے یہاں پہلا بچہ ہوا تھا اور کچھ دن بعد ہی راہی کا خط آیا تھا۔ خط آپ کے روبرو رکھنے سے پہلے میں راہی کے بارے میں صرف اتنا کہنا چاہتا ہوں کہ وہ میرا سب سے عزیز دوست ہے اور عجیب و غریب دوست ہے۔۔۔ خط یوں تھا،

کرشن، میرے دوست۔

تو تم باپ بن گئے ہو۔ میرے خیال میں کچھ بننے میں سب سے آسان باپ بننا ہے۔۔۔ ایک شخص اولاد پیدا کرنے کے ناقابل ہے۔ اپنی بیوی کا کسی اور سے ٹانکا جوڑ کر وہ باپ بن سکتا ہے۔ میں بہت سے ایسے لوگوں کو جانتا ہوں جو بنا سپتی باپ ہیں مگر تعجب ہے، وہ اپنی اولاد سے بے حد پیار کرتے ہیں۔

اچھا ایک بات بتاؤ۔۔۔ تمہیں اپنے بچے سے بہت پیار ہے۔ یہ بات میں آج تک سمجھ نہیں پایا۔۔۔ اگر میری شادی ہو جاتی ہے اور میں بھی تمہاری طرح چند ماہ بعد باپ بن جاتا ہوں تو مجھے اپنی اولاد سے سخت نفرت ہو گی کیونکہ وہ میری نہیں، ہوس کی اولاد ہو گی۔۔۔ مجھ میں ہوس ہے۔ اس ہوس کو مٹانے کے لئے میں شادی

کا ڈھونگ رچاتا ہوں کیونکہ ہوس کی پیاس بجھانے کا کوئی اور ذریعہ نہیں، اور اگر ہے بھی تو مجھ میں ہمت نہیں۔ اور پھر میں باپ بن جاتا ہوں۔ کر رہا تھا میں اپنی ہوس کا مداوا مگر بن گیا باپ۔ اب وہ بچہ میری اولاد ہے۔ نہیں صاحب، میں آپ سے اتفاق نہیں کرتا۔۔۔ اولاد، یعنی افزائش نسل بڑا مقدس جذبہ ہے، جسے ہوس سے کوئی علاقہ نہیں۔ مجھ میں ہوس ہے۔ پہلے میں اس پر قابو پاؤں گا۔ پھر جب مجھ پر افزائش نسل کا مقدس جذبہ پوری صحت سے حاوی ہو جائے گا، میں باپ بنوں گا اور اپنی اولاد کو باپ کا بھرپور پیار دوں گا۔

یاد رکھو کرشن، ہوس کی راہ میں پڑا ہوا بچہ، میرا بچہ نہیں ہے۔

اب یہ مجھے معلوم نہیں کہ ہوس کی بنیادوں پر لرزے ہوئے اس معاشرے کی عمارت کب گرے گی اور میری ہوس کب ختم ہو گی۔۔۔ یاد رہے، میری ہوس اور معاشرے کا چولی دامن کا ساتھ ہے۔

تمہارا اپنا

راہی

میں راہی کے خیالات سے اتفاق نہیں کرتا مگر یہ بھی عجب ہے کہ میں آج تک اس کی کسی بات کو کاٹ نہیں پایا۔۔۔ اگر وہ محض باتیں ہی کرتا اور عملی طور پر عام دنیاوی آدمیوں کی طرح رہتا تو میں اسے گدی سے پکڑ لیتا مگر وہ رہتا بھی اپنے خیالات پر استوار کی گئی دنیا میں ہے۔

راہی سے میری ملاقات قریب پندرہ برس پہلے ایک ریستوراں میں ہوئی تھی۔ اس دن وہ موڈ میں تھا۔ اسے بات بات میں نشہ آ رہا تھا اور وہ بات بات پر تباہ

ہو رہا تھا۔ کبھی وہ ہربنس کو ٹھوکا دیتا، کبھی پریم کے چٹکی لے لیتا۔۔۔ ہم پانچ چھ دوست تھے اور خوب زور و شور سے گپیں ہانک رہے تھے۔ راہی گپیں ہانکنے کے ساتھ ساتھ ریستوراں میں آتے جاتے لوگوں پر بڑے دلچسپ فقرے چست کر رہا تھا۔

ہمارے سامنے کی میز پر ایک کھدر پوش مہاشے، اپنی توند کو مشکل سے سنبھالے، آکر بیٹھ گئے۔ ان کے تیل میں چپڑے ہوئے سیاہ لچھے دار بال ان کی گردن پر جھول رہے تھے۔ میرا خیال ہے، ان کی شبیہ کے بارے میں کچھ لکھنے سے بہتر یہ کہنا ٹھیک ہوگا کہ وہ جسمانی طور پر دوسرے سمپورنانند تھے۔

راہی کی نظروں میں وہ شبیہ کھپ نہ سکی۔ کوئی فقرہ چست کرنے سے پہلے اس نے ہربنس سے پوچھا، "کون ہے یہ گردھر گوپال؟"

ہربنس نے کہا، "ہوگا کوئی تیلی واڑے کا حلوائی!"

تب راہی نے فقرہ چست کیا، "حلوائی ہوتا تو دریبے میں جلیبیاں بیچ رہا ہوتا۔۔۔ اپنی راشٹریہ بھاشا کے مہاکوی کو نہیں پہچانتے!"

"مہاکوی" کے لقب پر اس زور سے قہقہہ اٹھا کہ ہال میں بیٹھے ہوئے سب لوگ ہماری طرف تعجب اور غیر پسندیدہ نظروں سے دیکھنے لگے۔

'مہاکوی' والی بات ہربنس کو کھا گئی، اس لیے کہ وہ ہندی میں کہانیاں لکھتا تھا۔ وہ قدرے سنجیدہ ہو گیا۔ مجھے ایسا محسوس ہوا کہ وہ راہی کو آڑے ہاتھوں لینے کے لئے موقع دیکھ رہا ہے۔

بہت دیر تک ہم اسی طرح لطف لیتے رہے، اور جب کچھ دیر بعد ہم سب

خاموش ہوئے تو ہربنس نے یکایک راہی سے پوچھا، "بھئی ایک بات تم نے آج تک نہیں بتائی۔۔۔ تمہارا اچھا خاصا ماں باپ کا رکھا ہوا نام ہے، پھر تم نے یہ 'راہی' کا فراڈ کیوں رچایا ہوا ہے؟"

ایک لمحے کے لئے راہی کی آنکھیں سُکڑ گئیں۔ میں نے غور سے اس کے چہرے کی طرف دیکھا۔ اس کی آنکھیں سُکڑ کر بہت چھوٹی ہو گئی تھیں اور اندر کو دھنس گئی تھیں۔ اس کی آنکھوں کے گرد سیاہ حلقے ابھر آئے تھے۔ کوئی چبھتی سی بات سن کر اس پر اس طرح کا رد عمل میرے لیے حیران کن تھا۔۔۔ دوسرے لمحے ہی اس کے لبوں پر وہی تیکھی سی مسکراہٹ پھیل گئی۔ اس کی آنکھیں پھر باہر کو نکل کر جھانکنے لگیں اور اس کے لبوں کی طرح متوازن ہنسی ہنسنے لگیں۔۔۔ میں نے یونہی سوچا، اس شخص کے ذہن کے نہاں خانوں میں ہلکی پھلکی، تیکھی تیز طرار اور زہر میں بجھی ہوئی باتوں کے انبار لگے ہوئے ہیں۔ بوقتِ ضرورت اس کی آنکھیں ان نہاں خانوں میں غوطہ زن ہوتی ہیں اور کوئی مناسب جواب ڈھونڈ لاتی ہیں جو جواب کے طور پر یہ دوسرے کے منھ پر دے مارتا ہے۔

راہی نے اطمینان سے جواب، "یار، یہ سب بچپن اور جوانی کی غلط کاریوں کا نتیجہ ہے۔۔۔"

"غلط کاریوں" کے استعمال پر مجھے ہنسی آگئی۔

راہی کہہ رہا تھا، "اسکول اور کالج کے زمانے میں ہر نوجوان کی طرح مجھے بھی شاعری کے کیڑے چپک گئے اور میں راہی بن گیا۔۔۔ ویسے میں نے کئی بار سنجیدگی سے ہربنس کی طرح کئی خاندانی شفاخانوں سے علاج کروایا ہے۔"

اس دن واقعی وہ زبردست موڈ میں تھا۔

ہربنس نے میرے کان میں کہا، "اگر اب اس کا موڈ کسی وجہ سے فنا ہو گیا تو خدا کی قسم، اس کی باتوں سے سب کے موڈ کا اسقاط ہو جائے گا۔"

ہربنس کی بات سن کر میرے دل میں یہ خواہش پیدا ہوئی کہ راہی کا موڈ کسی طرح فنا ہو جائے۔ میں اسے بکھرا ہوا دیکھنا چاہتا تھا۔ اب اسے اتفاق ہی کہیے، یا یوں کہیے کہ خدا شکر خورے کو شکر دیتا ہے، راہی کا موڈ فنا ہو گیا۔

میں راہی کے سامنے بیٹھا ہوا تھا اور اس کی ہر بات، ہر حرکت، ہر رد عمل کو غور سے دیکھ رہا تھا۔۔۔ یکایک راہی کی ہنستی ہوئی آنکھیں بجھ گئیں۔ اس کے لب مرجھا گئے اور اس کے چہرے پر زردی چھا گئی۔ اس کی آنکھیں سُکڑ کر پھر اندر کو دھنس گئیں۔ اس کی کشادہ پیشانی پر بل پڑ گئے، جیسے کسی نے تانبے کے تاروں کو بل دے دیا ہو۔ اس کی پیشانی کی شکنوں پر بڑا بھیانک تناؤ تھا۔۔۔ اس کی نگاہیں ہم سب کو چیرتی ہوئی میری پشت کی کسی میز پر مرکوز تھیں۔ میں صرف اتنا جانتا ہوں، اگر میں اس وقت راہی کی نگاہوں کا مرکز ہوتا تو فوراً وہاں سے بھاگ جاتا۔ اس کی نگاہیں آگ تھیں جس کی زد سے بچنا ناممکن تھا۔

میں نے اپنی پشت کی جانب منھ پھیر کر دیکھا۔

راہی کے سامنے کی سیٹ پر ایک بڑی حسین عورت آن بیٹھی تھی۔ گہنے پاتوں سے لدی اور سہاگ کا جوڑا زیب تن کیے وہ نئی نئی بیاہی ہوئی معلوم ہوتی تھی۔ وہ حاملہ تھی اور تقریباً پورے دنوں سے تھی۔ ساڑھی کو ڈھنگ سے باندھنے کے باوجود اس کا ابھرا ہوا پیٹ اس بات کی چغلی کھا رہا تھا۔ اس کا چست اور باریک بلاؤز

اس کی بھری بھری چھاتیوں کو سنبھال نہ پا رہا تھا۔ اس کا جوبن قدرے ڈھلک رہا تھا اور ابھرے ہوئے پیٹ کے سہارے تھما ہوا تھا۔

میں نے راہی کی طرف پھر غور سے دیکھا۔۔۔ وہ بیمار سا دکھائی دے رہا تھا اور منہ بنا رہا تھا۔ جیسے ابھی اس نے کونین یا کوئی اور کڑوی دوا حلق سے نیچے اتاری ہو اور اس کی زبان کا ذائقہ کسیلا ہو گیا ہو اور وہ تھوکنا چاہ رہا ہو۔

میں۔ اس کی کرب ناک صورت دیکھ رہا تھا۔

جب وہ برداشت نہ کر سکا تو پھٹ پڑا، "خدا کرے، یہ عورت یہیں ریستوراں میں ماں بن جائے اور اسے ماں بننے کے عمل کی تکلیف سے زیادہ شرم سے گڑ جانے کا احساس زندگی بھر ستائے۔ پیٹ میں ہوا بھر کر ڈھنڈورا پیٹنے سے بہتر تو یہ ہے کہ یہ باقاعدگی سے اپنے خاوند کے گلے میں ڈھول باندھ دیتی اور اسے کہتی کہ ڈھول بجاؤ اور لوگوں کو بتاؤ کہ میں ہوس کی اولاد کو جنم دینے والی ہوں۔۔۔ میں اگر فرانس میں ہوتا تو اس عورت کو عدالت میں گھسیٹ کر لے جاتا اور چلا کر انصاف مانگتا کہ اس عورت کو میری جمالیاتی حس پر بار بننے کی جرأت کیسے ہوئی۔۔۔ پوچھو اس سے۔ اس کی شادی کو مشکل سے نو ماہ ہوئے ہوں گے۔ اور جب نو ماہ پہلے یہ اپنے خاوند کے لحاف میں گھسی تھی، اس وقت کیا اس کے یا اس کے خاوند کے تصور میں کوئی بچہ رینگ رہا تھا۔ اس وقت تو دونوں کا جسمانی تناؤ ہوس کے کیڑے لیے منتظر بہ عمل تھا۔ اور اب یہ اس ہوس کی اولاد کو پیٹ میں بھر کر، گھر گھر گلی گلی نعرے لگا رہی ہے کہ میرا خاوند نامرد نہیں ہے اور میں بانجھ نہیں ہوں۔۔۔

لعنت ہے اس سماج پر جہاں جمالیاتی حس کا رتی بھر احساس نہیں۔۔۔ اٹھارہ

سال کی لڑکی اور ماں، اور پھر چند سال بعد پیٹ ہے تو پیاری اولاد کے پنجوں کی چُرسوں سے مجروح ہے، چھاتیاں ہیں تو سوکھی سڑی ٹہنیوں کی طرح ہل رہی ہیں یا پھر دنبے کی بوجھل تھیلی کی طرح لٹک رہی ہیں، گالوں پر ہڈیاں ہیں، اور خاوند رات رات بھر رنڈیوں کے پاس پڑا رہتا ہے۔۔۔ اور اب دیکھو، اپنے حسن پر ظلم ڈھا رہی ہے۔ دیکھو سالی کی چھاتیاں، جیسے اوندھے گھڑے پر اوندھا لوٹا رکھا ہو۔ تھو۔۔۔!"

اس اوقت مجھے اچھی طرح یاد ہے، میرے من میں خیال آیا تھا کہ اگر راہی کی کڑوی اور کانٹے دار باتیں وہ حاملہ عورت سن لیتی تو اس کے پورے دنوں کے حمل کا اسقاط بھی ہو جاتا۔

راہی کی آواز میں تبدیلی آگئی تھی۔ اس کے الفاظ کانٹے تھے اور اس کی آواز کراہ تھی۔ اس کے ہاتھ شدت سے ہل رہے تھے، آنکھوں کی پتلیاں ناچ رہی تھیں اور وہ اپنے ہونٹ بری طرح کاٹ رہا تھا۔۔۔ اس وقت اسے دیکھ کر میں نے یہ تاثر قبول کیا کہ کیا حوصلہ ہے، خود اپنی ذات کے گرد کرب کی دیواریں کھڑی کر کے ان میں رہنا کتنا مشکل ہے۔۔۔ میں راہی کے خیالات سے اس وقت بھی اتفاق نہیں کر پایا تھا، مگر مجھے ان خیالات کی صحت پر وشواس ہو رہا تھا۔ ہو سکتا ہے، اس کی وجہ راہی کی بگڑی ہوئی حالت ہو جس نے مجھے متاثر کیا تھا۔

ہم فوراً ہی ریستوراں سے باہر اٹھ آئے۔

ہربنس نے میرے کان میں کہا، "ہے نا اوندھی کھوپڑی!"

تھوڑی دیر بعد سب بجھے بجھے سے چلے گئے۔

مجھے راہی کی ذات میں زبردست دلچسپی پیدا ہو گئی تھی، اس لیے میں اس کے

ساتھ رہا۔۔۔ وہ خاموش تھا۔ کبھی اس کے ماتھے پر بل پڑ جاتے اور کبھی اس کے ماتھے پر شکنوں کے ہلکے سے نشانات خون کی گردش میں دکھائی دیتے۔

ہم کناٹ پلیس کے اندرونی برآمدوں کا طواف کر رہے تھے۔۔۔ اسی طرح بے مقصد گھومتے۔ جب بہت دیر ہوگئی تو میں نے ہمت سے کام لے کر اس سے پوچھا، راہی کیا تم مجرد ہو؟"

وہ بڑے زور سے چونکا اور پھر ایک دم ٹھنڈا ہو گیا جیسے اسے اپنا نقطہ نظر سنجیدگی سے بیان کرنے کا موقع اتفاقا مل گیا ہو۔

اس نے جواب دیا، "نہیں۔۔۔ مجھ میں شدید حرارت ہے۔"

میں نے ہر لحاظ اور آداب کو بالائے طاق رکھ کر پھر پوچھا، "تو یہ حرارت کہاں خارج ہوگی۔۔۔ کیا تم رنڈی کے پاس جانے کے قائل ہو؟"

"نہیں۔۔۔ رنڈی کے بارے میں سوچتے ہی مجھے سوگندھی یاد آجاتی ہے۔"

"تو پھر؟" میں نے اس کے اندر جھانکنے کی ٹھان لی تھی۔

"بات یہ ہے کہ میں ابھی کچھ طے نہیں کر پایا۔ مجھے دلّی کی آب وہوا راس نہیں آرہی ہے۔ کوئی جگہ ہے یہ۔ گرمیوں میں سخت گرمی اور سردیوں میں سخت سردی۔ رگیں ہیں کہ ہر وقت تنی رہتی ہیں۔۔۔ میں کسی معتدل آب و ہوا کے علاقے میں جانا چاہوں گا۔ میرا ارادہ بنگلور جانے کا ہے۔ پھر میں کوشش کروں گا کہ مجھے کسی بڑے ہسپتال میں جگہ مل جائے۔ میری جنسی تسکین اسپتال کی تیزابی فضا میں، ممکن ہے، ہو جائے!"

"اسپتال میں جنسی تسکین؟ میں سمجھا نہیں!" میں نے اسے کرید ا اگر وہ میری

دانستہ کرید کو جان گیا تھا۔

"لو تو صاف صاف سنو۔ میرا ارادہ ڈاکٹروں سے اور نرسوں سے تعلقات قائم کرنے کا ہے۔۔۔ ان کا جنسی علم تسلی بخش ہوتا ہے۔"

میں نے کہا، "یہ تو بڑا ذلیل نظریہ ہے۔۔۔ تم ایک جان کن پیشے کے افراد کے بارے میں بڑی غلط رائے رکھتے ہو۔" مجھے واقعی دکھ ہوا تھا۔ راہی نے میرے جذبات کا اندازہ لگانے کے بعد کہا، "نہیں دوست، تم مجھے غلط سمجھ رہے ہو۔ اس بیمار سماج میں تعلقات کہاں قائم نہیں کیے جاسکتے۔۔۔ ان کے یہاں تو حفاظت اور سمجھ کا بڑا پیارا امتزاج ہوتا ہے۔"

ہم بہت رات گئے تک آوارہ گھومتے رہے۔۔۔ اس پہلی ملاقات میں مجھے ایک بڑے زبردست شخص کا قرب حاصل ہوا تھا، اس لیے میں اس سے بچھڑنا نہیں چاہتا تھا۔

اس پہلی یادگار ملاقات کے بعد راہی کے ساتھ چند اور ملاقاتیں ہوئیں، جن میں کبھی زندگی سے بھرپور قہقہے تھے اور کبھی دل کا خون لیے ہوئے آنسو۔۔۔ پھر پہلی ملاقات کے قریب چھ ماہ بعد راہی اپنے ماموں کے پاس بنگلور چلا گیا۔

میری شادی اور پھر میرے یہاں بچہ ہونے اور راہی کے بنگلور جانے کے درمیان کوئی تین برس کی مدت حائل ہے۔ ان تین برسوں میں راہی کے ساتھ خط و کتابت رہی۔ اس نے مجھے بہت سے خط لکھے، جن میں سے دو خطوں کے کچھ حصے آپ کے سامنے رکھ رہا ہوں، کیونکہ ان کا اس کہانی کے ساتھ گہرا تعلق ہے۔

پہلا خط اس نے بنگلور پہنچنے کے قریب چھ ماہ بعد لکھا تھا۔۔۔ وہ لکھتا ہے، "بنگلور

بڑا پیارا شہر ہے۔ دن بھر ہلکی ہلکی گرمی رہتی ہے۔ تمام دن قمیص پتلون پہنے گھومتا رہتا ہوں اور بیئر پیتا رہتا ہوں۔۔۔ رات کو فضا میں ہلکی سے خنکی پیدا ہو جاتی ہے اور طبیعت کھل جاتی ہے۔ وہسکی کے دو پیگ پی کر ماموں کے بنگلے کے دالان میں آرام کرسی پر نیم دراز ہو جاتا ہوں اور چے خف کو پڑھتا رہتا ہوں۔ موپاساں نے میری رگیں اینٹھ دی تھیں۔ چے خف میرے دماغ پر بڑی پیاری اور بڑی خنک شبنم برسا رہا ہے۔۔۔ مجھے بھوک خوب لگتی ہے اور میری صحت بھی اے ون ہے۔ ہاں کبھی کبھی کوئی رات کروٹیں بدلتے ہی گزرتی ہے۔ جس آگ میں جل رہا ہوں، وہ اس طرح تو ختم نہیں ہوتی نا۔۔۔ ماموں کوشش کر رہے ہیں، شاید میں جلد ہی ہسپتال میں ملازم ہو جاؤں۔ ڈپلوما ان لیبارٹری ٹکنیک تو میرے پاس ہے ہی۔۔۔"

دوسرا خط اس نے قریب دو برس بعد لکھا تھا۔۔۔ لکھتا ہے، "پہاڑوں میں بسا بڑا خوبصورت ہسپتال ہے۔ شام کو کبھی ڈولی کے ساتھ، کبھی پریما اور کبھی مارگیٹ کے ساتھ کسی پہاڑی کے دامن میں سمٹی ہوئی جھیل پر چلا جاتا ہوں۔ میرے جسم کی طنابیں بتدریج ڈھیلی ہو رہی ہیں۔ کون جانے، یہ جوانیاں میرے لئے ایندھن کا کام دے رہی ہیں، یا میں ان کے لئے۔۔۔ کوئی ہوس کی اولاد، راہ میں حائل نہیں۔ جسمانی تقاضے اور سمجھداری، تسکین کا روپ ہیں۔۔۔ جب انہیں چومتا ہوں، جب ان کی چولی میں ہاتھ ڈال کر ان کی چھاتیاں مسلتا ہوں، جب ان کی صندلی پنڈلیاں سہلاتا ہوں تو ان کی سپردگی کے عالم میں زندگی کی انجانی لذتیں پھوٹ پڑتی ہیں۔۔۔ بس یوں سمجھ لو، میری بے چین طبیعت متوازن ہوتی چلی جا رہی ہے۔۔۔"

اس خط کے بہت دنوں بعد راہی نے مجھے وہ خط لکھا جو میں نے کہانی کے شروع

میں آپ کے روبرو رکھا ہے۔۔۔ ابھی تک راہی کے خیالات میں کوئی بنیادی تبدیلی نہیں آئی تھی۔

اس طرح قریب پندرہ برس گزر گئے۔۔۔ راہی کے خط آتے رہے۔ بہتر ہے میں یوں کہوں کہ حوصلہ افزا خط آتے رہے۔۔۔ ان خطوط سے میں جو کچھ جان پایا ہوں، مختصراً اپنے الفاظ میں بیان کرتا ہوں۔

راہی، بنگلور میں ڈولی اور پریما اور دوسری بہت سی ڈاکٹروں اور نرسوں سے ٹانکا جوڑے دن گزار رہا تھا۔ اس کی طبیعت میں اب وہ الجھاؤ نہیں رہا تھا جو پہلے اس کی طبیعت کا خاصہ تھا اور جس کی وجہ سے وہ ذہنی کرب میں مبتلا رہتا تھا۔ اس کی ایک وجہ یہ بھی تھی کہ اسے بنگلور میں من مطابق جنسی آسودگی میسر تھی۔ پھر اس کی صحت بھی بن گئی تھی جو کبھی اس کے لئے احساس کمتری کا باعث تھی۔۔۔ اس کے ماموں کی جیپ اس کے پاس تھی۔ اکثر وہ اپنا وقت گھومنے میں گزارتا تھا۔ اس طرح اس کے ذہن میں جو گرد تھی، وہ بیٹھ گئی تھی۔۔۔ پہاڑوں پر باغوں میں، جھرنوں پر، اور آبشاروں پر وہ اپنا کھویا ہوا قلبی سکون پا چکا تھا۔ اس کے چہرے کی رنگت نکھر گئی تھی۔ اس کے بال کنپٹیوں پر سفید ہو گئے تھے اور اس کے توانا چہرے پر بھلے لگتے تھے۔۔۔

اس طرح قریب چالیس برس کی عمر میں وہ اپنی طبیعت کے عین مطابق خارجی حالات سے اور اپنی حسین اور مکمل جنسی آسودگی سے ایک صحت مند اور متوازن آدمی بن پایا تھا۔۔۔ اب اس کی صحت مند زندگی میں ایک کسک پیدا ہوئی۔ نتیجے کے طور پر وہ ہسپتال کی ایک مریضہ سنتوش کے عشق میں گرفتار ہو گیا۔ سنتوش دبلی،

پتلی، نازک مزاج، تعلیم کے زیور سے آراستہ، اکیس سالہ خوبصورت لڑکی تھی۔ سنتوش کا حسن بیمار، راہی کے لئے باعثِ ٹھنڈک تھا۔ جب وہ حریری ملبوس میں ہسپتال کی روش پر خراماں خراماں چہل قدمی کرتی تو راہی کے من میں، پہاڑ کی برف سے ڈھکی ہوئی چوٹی پر، ویران سے ڈاک بنگلے میں رہنے کی خواہش پیدا ہوتی، جہاں نرم نرم بستر پر وہ سنتوش کو آغوش میں لیے بیٹھا ہو، اس کے ٹھنڈے جسم کی مدھم آنچ محسوس کر رہا ہو اور زیر لب فراق کی رباعیاں گنگنا رہا ہو۔۔۔ اسی جذبے نے شدت پکڑ کر اسے ازدواجی زندگی کے راستے پر کھڑا کر دیا۔ اس کے من میں بچے کی آوازیں، چیخیں، مسکراہٹیں، دکھ سکھ ابھرنے لگے۔۔۔

اس نے سنتوش سے شادی کر لی اور مجھے لکھا، "میں انتقاماً ہنی مون منانے دلّی آ رہا ہوں۔ میں تمہاری دلّی میں پہلا نارمل آدمی ہوں گا جو بچے کی تمنا کی پرورش اپنے دل کی دھڑکنوں سے کرتا ہے۔"

دلّی میں راہی ہمارے یہاں ٹھہرا، شاید انتقامی جذبے کے تحت۔

اس کی بیوی سنتوش کے بارے میں صرف اتنا کہوں گا، وہ گلابی رنگ کی گڑیا سی تھی۔

پہلی رات گزارنے کے بعد راہی صبح صبح میرے کمرے میں آیا۔ وہ بہت حسین دکھائی دے رہا تھا، مگر بیمار سا بھی۔

میں نے پوچھا، "کیوں، بیمار ہو گیا!"

وہ کچھ دیر خاموش رہا۔ پھر اس نے کہا، "نہیں یار۔۔۔ سنو، ایک زندگی سے بھرپور لطیفہ سنو۔۔۔ وہ رات بہت دیر تک میری گود میں بیٹھی رہی، اور جب میں

اسے گود میں لیے بستر کی طرف بڑھا، وہ جھینپی اور پھر دھیمے سے کہنے لگی،
"مجھے۔۔۔مجھے بچوں میں کوئی دلچسپی نہیں!"

راہی کی آواز لرز سی گئی۔ پھر اس نے بڑی دلفریب مسکراہٹ کے ساتھ کہا،
"یار، اس حسین شکست کے سہارے میرے زندگی کے باقی دن خوبصورتی سے گزر جائیں گے۔۔۔ کیا خیال ہے تمہارا؟"

مجھے رشک آرہا تھا۔

٭٭٭

۶

جسم کی دیوار

اس کے پاؤں برف ہو رہے تھے، پنڈلیاں دکھ رہی تھیں، زبان کسیلی ہو گئی تھی، حلق میں خراشیں پڑ گئی تھیں اور اسے یوں محسوس ہو رہا تھا کہ اس کی پیشانی، دائیں کنپٹی سے ناک تک کھوکھلی ہو گئی ہے۔

وسط دسمبر کی اس سرد رات کو اس نے کناٹ پلیس سے ماڈل ٹاؤن تک، تقریباً سات میل کا فاصلہ پیدل طے کیا تھا۔ اسے کوئی تین گھنٹے لگے تھے اور ان تین گھنٹوں میں سگریٹ اس کے لبوں سے پل بھر بھی جدا نہ ہوا تھا۔

تھکن کی وجہ سے اسے جیکٹ، پتلون اور قمیص اتارنے میں خاصی تکلیف ہوئی لیکن جب اس نے شب خوابی کا ڈھیلا لباس پہن لیا تو اسے قدرے سکون ملا کہ اس کا جکڑا ہوا جسم آزاد ہو گیا تھا۔

بتی گل کر کے وہ صاف، بے داغ بستر پر کندھوں تک لحاف کھینچ کر دراز ہو گیا۔

بستر سرد تھا، کمرہ سرد تھا اور کمرے میں پھیلی ہوئی تاریکی سرد تھی، مگر اس کی رگوں میں تھکن کے مارے آگ دوڑ رہی تھی۔ اسے سرد بستر، سرد کمرہ اور سرد

تاریکی بھلی لگی کہ اسے تھوڑا سا جسمانی آرام ملا۔

ابھی اس نے چند ہی کروٹیں لی تھیں کہ بستر اس کی تھکن کی انگیٹھی سے سلگنے لگا اور اس کا دم گھٹنے لگا۔

اب اسے محسوس ہوا کہ اس کی آنکھیں بھی جل رہی ہیں، جیسے کسی نے ان میں مرچیں جھونک دی ہوں۔

اسے سانس لینے میں دقت محسوس ہو رہی تھی۔ جیسے کمرے میں دھواں بھر گیا ہو اور بستر میں جیسے آگ لگ گئی ہو۔ اس نے لحاف اتار پھینکا، لپک کر بتی جلائی، دونوں کھڑکیاں کھول دیں، دونوں دروازے کھول دیے اور رسی کھینچ کر روشندان بھی کھول دیا۔

سردی کی لہر اس کے جسم تک پہنچی، ننگے فرش سے اس کے جلتے ہوئے تلوؤں میں ٹھنڈک پہنچی اور اس کے سانس سنبھلے۔ اس نے اطمینان سے طویل سانس کھینچا اور کرسی میں دھنس گیا۔

رات کے تین بج رہے تھے۔

اس کی نظریں ننگی بچی دیوار پر جم گئیں۔ ایک جگہ سفیدی زردی میں تبدیل ہو گئی تھی اور ایک جگہ پلستر اکھڑ چکا تھا اور گرنے ہی کو تھا۔

وہ اکھڑے ہوئے پلستر کو گھورتا رہا جو نجانے کس طرح سنبھلا ہوا تھا۔

کمرہ یخ ہو گیا تھا اور اسے اچھا لگ رہا تھا کہ اس کا تپتا ہوا جسم پرسکون تھا، صرف اس کی آنکھیں جو اکھڑے ہوئے مگر سنبھلے ہوئے پلستر کے ایک ٹکڑے کو تک رہی تھیں۔ جل رہی تھیں۔

کافی دیر تک وہ اکھڑے ہوئے پلستر کو گھورتا رہا جیسے اس کی نظروں کی تاب نہ لا کر پلستر کا وہ سنبھلا ہوا ٹکڑا گر جائے گا۔ ٹکڑا جوں کا توں سنبھلا رہا، نہ گرا۔ اس کی آنکھوں کی جلن شدید ہوگئی اور اس کی کنپٹیاں سلگنے لگیں اور اس کے سانس رکنے لگے۔

اس نے کرسی کے بازوؤں کا سہارا لیا اور کھڑا ہو گیا۔ پلکیں گرا کر انگلیوں سے آنکھیں مسلیں اور دھیمے دھیمے غسل خانے کی طرف قدم بڑھائے۔

ہر قدم اٹھاتے ہوئے اسے یہی محسوس ہو رہا تھا کہ وہ غسل خانے تک پہنچ نہ پائے گا، راستے ہی میں گر جائے گا۔

غسل خانے میں پانی سے بھری بالٹی رکھی تھی۔ اس نے جھک کر، آنکھیں کھول کر، پھیلا کر، بے تحاشا پانی کے چھینٹے مارنے شروع کر دیے جیسے آگ لگ گئی ہو اور آگ کے پھیل جانے کا اندیشہ ہو۔

پانی کے چھینٹے اڑنے سے اس کا شب خوابی کا ڈھیلا لباس کسی قدر بھیگ گیا اور چھینٹے اس کی چھاتی اور پیٹ تک جا پہنچے اور وہ ذرا کانپا اور اس کے چھینٹے اڑاتے ہوئے ہاتھ رک گئے۔

اس کی آنکھوں کی جلن دب گئی، کنپٹیاں بھی ٹھنڈی ہو گئیں اور اس کے سانس بھی درست ہو گئے۔

اس کے جسم میں ہلکی سی لرزش پیدا ہو گئی اور اسے کمر میں ہلکا سا درد محسوس ہوا۔

آہستہ آہستہ قدم اٹھاتے ہوئے وہ کمرے تک پہنچا اور بتی گل کر کے بستر پر

دراز ہو گیا۔

بستر سرد تھا، کمرہ سرد تھا اور تاریکی سرد تھی۔

رات کے چار بج رہے تھے۔

نیند کی لہریں اس کی آنکھوں کے ساحل پر سر پٹک رہی تھیں۔

اس کے ذہن میں سرگوشیاں ہو رہی تھیں۔

"نگم، تم طوفان کی سی تیزی سے زندگی گزارنے کے عادی ہو گئے ہو۔۔۔! تم بے تحاشہ شراب پیتے ہو، بے تحاشہ سگریٹ پیتے ہو۔۔۔ بے تحاشہ کافی پیتے ہو، بے تحاشہ گھومتے ہو۔۔۔ بے تحاشہ پڑھتے ہو اور ہر حادثے کو، واقعے کو، چاہے اس کا تعلق تمہاری ذات سے ہو یا نہ ہو، بے تحاشہ قبول کر لیتے ہو۔۔۔! تم دھیمے دھیمے زندگی کیوں نہیں گزارتے نگم۔۔۔! شراب چھوڑ دو، تمہیں یہ راس نہیں آتی، سگریٹ کم پیا کرو، یہ سب تمہاری رگوں کو کھینچے رکھتی ہیں اور تمہاری طبیعت میں شدت پسندی بھر رہی ہیں۔۔۔ اس شدید زندگی سے دور جا کر آرام کرو، خوب سوؤ، ٹانگیں پسار کر سوؤ میری جان!"

"میرے پیارے ماتھر، سوؤں گا اور خوب سوؤں گا، اور اس قدر سوؤں گا کہ تمہارا دم گھٹ جائے گا، تم بینڈ باجے بجا کر بھی جگانا چاہو گے، تو نہیں جاگوں گا۔۔۔!"

"نگم، اس ڈھنگ سے مت سوچو۔ سوچنے کا یہ ڈھنگ بھی شدید ہے!"

"ماتھر! تم میرے دوست ہو اور تم ڈاکٹر بھی ہو۔ تمہارے اندر کا ڈاکٹر میرے جسم کو بچانا چاہتا ہے۔ میں تمہارے اندر کے ڈاکٹر کے دکھ کو جانتا ہوں۔۔۔

تمہارے اندر کے ڈاکٹر پر میرا دوست غالب آجائے تو اس سے کہوں۔۔۔ میرا دادا بتیس سال کی عمر میں سو گیا تھا، جانتے ہو کہاں۔۔۔؟ جلیاں والا باغ میں۔ اس سمے میرا باپ چار سال کا تھا۔۔۔! میرا باپ اٹھائیس سال کی عمر میں سو گیا تھا۔ جانتے ہو کب؟ ۱۹۴۲ میں! اس سمے میں تین سال کا تھا۔۔۔! اب میں چوبیس سال کا ہوں۔۔۔ میری جوانی وہی لوگ لوٹ رہے ہیں جو آج میرے دادا اور میرے باپ کی جواں مرگی کے صدقے ارباب اقتدار ہیں، جو آج عیش کر رہے ہیں، عیش کر رہے ہیں، عیش۔۔۔! میری رگوں میں خون نہیں دوڑتا، مضطرب لہریں دوڑتی ہیں۔۔۔ میرے ذہن میں نفرت کے آتش فشاں پہاڑ ابھر آئے ہیں اور میرے دل میں غم کا سمندر موجیں مار رہا ہے۔۔۔ اب میں کہیں کا نہیں رہا۔۔۔ کہیں کا نہیں رہا۔۔۔ مجھے نیند نہیں آتی۔۔۔!"

آخر کار نیند نے اسے دبوچ لیا۔

پو پھٹنے ہی کو تھی۔

صبح جب اس کی آنکھ کھلی، اس کا سر گھوم رہا تھا، آنکھوں میں اندھیرا چھا رہا تھا اور جسم تپ رہا تھا۔

چارپائی سے اٹھتے ہوئے اس نے بھرپور انگڑائی لی، اس کی ہڈیاں چیخ گئیں اور اس کے لبوں پر تبسم کی معدوم سی لکیر آپ سے آپ کھنچ گئی۔

اس نے آئینہ دیکھا۔

اسے اپنا چہرہ بھلا لگا۔۔۔ خشک، بکھرے ہوئے، گھنے، سیاہ بال جن میں چند ایک چاندی کی تاریں کنپٹیوں کے قریب چمک رہی تھیں۔ چوڑا ماتھا، گھنی بھویں اور

نیند کو ترستی ہوئی بے نام سی چمک لیے زرد آنکھیں جن پر بوجھل پلکیں بار بار گر رہی تھیں۔ سیدھی سی ناک اور سوکھے سوکھے ہونٹ اور گندمی رنگ۔

اسے اپنا چہرہ بھلا لگ رہا تھا جیسے وہ آئینے میں صدیوں پرانی، شکستہ، اجڑی ہوئی عمارت دیکھ رہا ہو اور ماضی کی عظمت کے باقی نشان اسے بھلے لگ رہے ہوں۔

اس کی ٹانگیں لرزنے لگیں۔ آئینے میں اس کی صدیوں پرانی، شکستہ، اجڑی ہوئی عمارت جو اسے بھلی لگ رہی تھی، کانپنے لگی۔ اس نے آئینہ رکھ دیا اور دھیمے دھیمے غسل خانے کی جانب بڑھا۔

دس بج رہے تھے۔

گیارہ بجے کے قریب جب وہ ریلنگ کا سہارا لیے، ہونٹوں میں سگریٹ دبائے، دھیمے دھیمے، کانپتے ہوئے قدموں سے سیڑھیاں اتر رہا تھا تو اسے یہی احساس تھا کہ وہ اگلے پل آخری سیڑھی پر منہ کے بل پڑا ہو گا۔

نیچے لان میں بچے کھیل رہے تھے۔ اس نے دو ایک کے گال تھپتھپائے اور مین گیٹ سے باہر آ گیا۔

اس کا سر گھوم رہا تھا۔

اس نے سگریٹ کا طویل کش کھینچا ہی تھا کہ کھانسی کا زلزلہ آن پہنچا اور اس کا پورا وجود دہل گیا۔ اس نے تھوکا تو بلغم کا یہ بڑا دھبہ سڑک پر دکھائی دیا۔ اسے متلی آ گئی کلیجہ حلق تک آ گیا، مگر قے نہ ہوئی کہ پیٹ خالی تھا۔

کھانسی کے زلزلے کے بعد اس کی آنکھیں نم آلود ہو گئیں اور پیٹ کی بھٹی جل اٹھی۔ اس نے رومال سے آنکھیں اچھی طرح مانجھیں جیسے قلعی گر برتن مانجھتے

ہیں اور پیٹ کی بھٹی کو جلنے دیا کہ اس کے سوا وہ کر بھی کیا سکتا تھا۔

مین گیٹ کے باہر وہ کافی دیر اسکوٹر کا انتظار کرتا رہا، اس احساس کے ساتھ کہ ابھی اس کی ٹانگیں اس کا ساتھ چھوڑ دیں گی۔

بارہ بج رہے تھے۔

خالی اسکوٹر دیکھ کر اس نے بڑی مشکل سے ہاتھ اٹھایا اور اسکوٹر روکنے کا اشارہ کیا۔ ڈرائیور نے بریک لگائی اور اسکوٹر دس قدم کے فاصلے پر بے ہنگم سے شور کے ساتھ رکا۔ اس نے دھیمے دھیمے، بڑی مشکل سے قدم اٹھائے۔

اسکوٹر تک پہنچتے پہنچتے اسے ایک جگ بیت جانے کا احساس ہوا۔

اس نے لب کھولے ہی تھے کہ ڈرائیور نے پوچھا، "ہندوراؤ ہوسپٹل یا ارون ہوسپٹل۔۔۔؟"

اس کا دل ڈوب گیا، اس کے لب کانپے۔

"نہیں۔۔۔! کناٹ پلیس۔۔۔ ریگل بلڈنگ۔۔۔ ٹی ہاؤس۔۔۔!" اس نے بڑے ضبط سے لبوں کو دانتوں میں دبالیا۔

ڈرائیور کو تعجب ہوا۔ چند لمحے وہ اسے آنکھیں پھاڑ کر دیکھتا رہا اور پھر اس نے دھڑکتے ہوئے دل سے بریک کھول دی۔

"کون جانے یہ شخص ٹی ہاؤس پہنچ بھی پاتا ہے یا نہیں۔۔۔"

***

۷

آتمارام

"عمر بھر جینے کے لئے مرتے رہے اور جب مرے تو ایسی ذلت کی موت۔۔۔ آدمی کی اس سے بڑی توہین اور کیا ہو سکتی ہے۔" انسپکٹر بخشی کی تسلی بھری باتوں کا جواب بلدیو نے اس ایک جملے میں دیا اور کوتوالی سے باہر آگیا۔

چاندنی چوک میں وہی ریل پیل تھی، وہی شور وغل تھا جس سے بلدیو مانوس تھا مگر اس وقت اس کے گرد خوفناک سناٹا پھیلا ہوا تھا۔ اسے اپنے قدموں کی چاپ سنائی دے رہی تھی۔ دل زور زور سے دھڑکتا ہوا محسوس ہو رہا تھا۔ اس کے دل پر غم کا بوجھ تھا جس کے دباؤ سے اس کا دم گھٹ رہا تھا۔ وہ دہاڑیں مار مار کر رونا چاہتا تھا اور اس طرح اپنے گرد پھیلے ہوئے سناٹے کو توڑنا چاہتا تھا، مگر ہمیشہ کی طرح اس کے دل اور ذہن میں جنگ ہو رہی تھی۔ اس کے ذہن میں دل کی ہر دھڑکن کے ساتھ یہ خیال بھی شدت کے ساتھ گونج رہا تھا، "کیوں بن رہے ہو۔ رونا چاہتے ہو! یہ باتیں ہوتی ہی رہتی ہیں۔" اس کے آنسو پلکوں میں پھنس کر رہ گئے تھے۔ اس کے سامنے اس کے ذہن نے پلکوں کی دیوار چن دی تھی۔ یہ اس کا ذہن ہی تھا جس نے اتنے بڑے حادثے کی خبر پا کر بھی انسپکٹر بخشی کو متوازن جواب دیا تھا۔

وہ آہستہ آہستہ قدم اٹھاتا ہوا شمشان بھومی کی جانب بڑھ رہا تھا جیسے وہ ہر قدم سوچ کر اٹھا رہا ہو۔ اسے اپنی رفتار کا احساس بھی تھا۔ اسے محسوس ہو رہا تھا کہ وہ ایک مدت سے اسی طرح چل رہا ہے اور ایک مدت کے بعد وہ شمشان بھومی پہنچے گا جہاں اسے زندگی کا سب سے بڑا تماشہ دیکھنا ہے۔

شمشان بھومی پہنچتے پہنچتے اس کی حرکت کرنے کی تمام قوت ختم ہو چکی تھی۔ وہ تھکن سے چور شمشان بھومی کے لان میں پیپل کے پیڑ کے سائے میں پتھر کے چبوترے پر بیٹھ گیا اور بجھی بجھی سی نظروں سے ادھر ادھر دیکھنے لگا۔ تھکن سے اس کی رنگت زرد ہو گئی تھی اور غم سے اس کی آنکھیں قریب المرگ مریض کی آنکھوں کی طرح بے چین، اداس اور موت کی منتظر دکھائی دیتی تھیں۔

شمشان بھومی میں زمین کی سطح سے دو دو فٹ ابھرے ہوئے چبوتروں پر کہیں چتائیں ٹھنڈی ہو رہی تھیں، کہیں ان کی لپٹیں لاشوں کے ایندھن سے غیر مطمئن ہو کر آسمان تک کو اپنی لپیٹ میں لینے کے لئے اٹھ رہی تھیں۔ قریب قریب باقی کے ہر چبوترے پر ٹھنڈی یا گرم راکھ کے بچھونے سے بچھے ہوئے تھے۔۔۔ شمشان بھومی بلدیو کو اپنی طبیعت کے مطابق محسوس نہ ہوئی۔ اس نے سوچا کہ ایک چبوترہ مدتوں سے بنا ہوا ہے، ہر دوسرے دن ایک لاش لائی جاتی ہے اور اس چبوترے پر سپرد آتش کر دی جاتی ہے۔ چبوترہ اہم ہے مگر گوشت پوست سے راکھ میں تبدیل ہونے والوں کی کوئی اہمیت نہیں ہے۔

وہ بہت دیر تک اسی طرح گم سم بیٹھا رہا اور آدمی کے آخری نشان کو آگ کی آغوش میں راکھ ہوتے دیکھتا رہا۔ جب اسے وحشت سی ہونے لگی تو اس کے جسم میں

کپکپی کی لہر سی دوڑ گئی اور وہ کانپتے ہوئے ان چبوتروں کے پاس جا کر کھڑا ہو گیا جن پر ٹھنڈی راکھ کے بچھونے بچھے ہوئے تھے۔ اس نے پھر سوچا، "ان میں سے کوئی ایک ہو گا۔"

وہ یہ سوچ نہیں پا رہا تھا کہ کس سے پوچھے اور کیا پوچھے۔ اس کے ذہن میں کئی سوال ابھر رہے تھے، مگر جب وہ انہیں زبان پر لانے کی کوشش کرتا، اسے زندگی کی تذلیل کا کسیلا پن محسوس ہونے لگتا اور وہ سوچنے لگ جاتا۔

وہ چبوتروں کی قطار کے آخر میں ایک چبوترے کے پاس کھڑا تھا اور اس پر مٹھی بھر پھیلی ہوئی راکھ کو حسرت بھری نظروں سے دیکھ رہا تھا۔ راکھ میں کہیں کہیں کوئی جلی ہوئی ہڈی بھی دکھائی دے رہی تھی۔ اس کے ذہن میں اچانک کوندے کی طرح بیدی کی بات لپکی، "آدمی کی جیتے جی تو ہڈیاں ہوتی ہیں مگر مرنے کے بعد پھول!" اس پر بیدی کی بات نے ملال کی چادر ڈال دی۔ وہ ان پھولوں کو اپنی نگاہوں کا مرکز بنائے دیکھتا رہا۔ اس کے ذہن میں بار بار یہ خیال چکر لگانے لگا، "کاش ان پھولوں کو گوندھ کر مرنے والے کی شبیہ بنائی جا سکے۔"

وہ بہت دیر وہیں بت بنا کھڑا رہا۔ اسے بہت دیر تک اسی حالت میں کھڑا دیکھ کر شمشان بھومی کا ایک پنڈا اس کے قریب آکر کھڑا ہو گیا اور چبوترے کی طرف اشارہ کر کے کہنے لگا، "بابو جی، کل شام سپاہی رام سنگھ سیوا سمیتی کے ایک آدمی کے ساتھ یہاں ایک لاش لایا تھا۔ وہ کہہ رہا تھا کہ لاش کسی بہت بڑے آدمی کی دکھائی دیتی ہے مگر اس کے گھر کا پتہ معلوم نہیں ہو سکا ہے۔ بابو جی، وہ شخص، وہ جس کی لاش سپاہی رام سنگھ لایا تھا، صبح کمپنی باغ میں سیر کر رہا تھا۔ اچانک وہ گر گیا۔ لوگوں

نے سنبھالا مگر وہ مر چکا تھا۔ پولیس نے چیر پھاڑ کروانے کے بعد لاش کو ریڑھی میں لدوا کر کمپنی باغ کے پاس کے سب محلوں میں گھمایا مگر اس کے گھر والوں کا پتہ ٹھکانہ معلوم نہ ہو سکا۔ شام کو پولیس نے لاش سیوا سمیتی کے حوالے کر دی اور سیوا سمیتی نے لاوارث سمجھ کر انتم سنسکار کیا۔

میں نے لاش کا منہ دیکھا تھا۔ بابو جی، مرا ہوا بالکل نہیں لگ رہا تھا۔ وہ تو ہنس رہا تھا۔ سپاہی رام سنگھ کہہ رہا تھا کہ ضرور کوئی بڑا آدمی ہے، کیونکہ سیر کرتے وقت اس کے ہاتھ میں سانپ کی طرح کی بڑی قیمتی چھڑی تھی اور اس کی کلائی پر بڑی قیمتی گھڑی بندھی ہوئی تھی۔ اس لیے رام سنگھ کو ترس آ رہا تھا۔ اس نے لاش کا منہ کھول کر اپنی جیب سے تانبے کا پیسہ نکال کر ڈالا اور ہندوؤں کی یہ آخری رسم پوری کی۔ وہ کہتا تھا کہ "اگر اس کے گھر والوں کا ٹھکانا معلوم ہو جاتا تو اس کا جنازہ دھوم دھام سے اٹھتا۔ بابو جی، بڑا خوبصورت آدمی تھا۔ شاید پچاس سال کا ہو گا مگر بڑا دبلا تھا۔ اس لیے صرف سات من لکڑیاں ہی کافی ہوئیں۔ دیکھیے، ہڈیاں تک راکھ ہو گئی ہیں۔ جانے بیچارے کے گھر والوں کو پتہ چلا ہے کہ نہیں۔ ابھی تک تو کوئی پھول چننے کے بارے میں پوچھنے نہیں آیا۔"

بلدیو پنڈے کی باتیں بڑے ضبط سے سن رہا تھا۔ اس کی آنکھوں کے گرد اندھیرا چھا رہا تھا۔ پاؤں لرز رہے تھے۔ اس نے بڑے کرب سے کہا، "میں پھول چننے آیا ہوں۔"

پنڈا حیران ہو گیا۔ اس نے بلدیو کو اس چبوترے کے پاس ساکت دیکھ کر اپنے جذبات سے مغلوب ہو کر وہ سب باتیں کہی تھیں اور یہ اس کے وہم و گمان میں بھی

نہ تھا کہ اس کی باتیں سننے والا پھول چننے آیا ہے۔ اس نے اداس سی آواز میں کہا، "بابو جی، آپ پھول چننے آئے ہیں!"

"ہاں، یہ میرے۔۔۔ میرے والد ہیں۔" بلدیو نے مٹھی بھر راکھ کی طرف اشارہ کرتے ہوئے لرزتی ہوئی، رکتی ہوئی آواز میں کہا۔ کچھ دیر دونوں خاموش رہے پھر پنڈے نے دھیمے سے کہا، "بابو جی، پھول تیسرے دن چنتے ہیں، آپ کل سویرے آجائیں۔"

پنڈے کی بات سن کر بلدیو تھوڑی دیر خاموش رہا اور چبوترے پر پھیلی ہوئی راکھ کو گھورتا رہا۔ کچھ دیر بعد اس نے نظر اٹھائی اور شمشان بھومی کو اپنی آنکھوں میں بیزاری اور حقارت سے جذب کرتے ہوئے بولا، "نہیں، پھول میں آج ہی چننا چاہتا ہوں۔ اس جگہ اب میں جیتے جی دوسری بار آنا نہیں چاہتا اور نہ ہی اب کوئی میرا عزیز، دوست یا رشتہ دار رہا ہے، جس کی موت پر مجھے یہاں آنا پڑے گا۔ یہ بڑی ذلیل جگہ ہے۔"

"بابو جی، جیسا آپ چاہیں مگر یہ ہمارے دھرم کے انوسار نہیں ہے۔"

تھوڑی دیر بعد پنڈا پیتل کی تھالی میں گلاب کی پنکھڑیاں اور پیتل کے لوٹے میں دودھ لے کر آگیا۔ اس کے ساتھ دس بارہ سال کا ایک لڑکا بھی تھا جس نے خالی بالٹی اٹھائی ہوئی تھی۔ سب سامان چبوترے کے پاس رکھنے کے بعد پنڈے نے بلدیو سے کہا، "آپ جوتے اتار دیجئے۔"

بلدیو نے خاموشی سے جوتے اتار دیے اور پنڈت کے کہنے کے مطابق ہندوؤں کی رسوم ادا کرنے لگا۔ پنڈے کے پیچھے پیچھے اس نے چبوترے کے تین چکر لگائے۔

چکر لگانے کے بعد دونوں مستطیل چبوترے کی دائیں جانب بیٹھ گئے جدھر لاش کا سر لکڑیوں پر چنا جاتا ہے۔ پنڈا شلوک پڑھتا رہا جو بلدیو کی سمجھ سے بالاتر تھے۔ بلدیو پنڈے کے اشارے پر دودھ کے چھینٹے راکھ پر برساتا رہا۔ جب وہ سات بار دودھ کے چھینٹے راکھ پر برسا چکا تو پنڈے نے شلوک پڑھنے بند کئے اور اس سے مخاطب ہوا، "اب آپ دونوں ہاتھوں کی انگلیوں سے راکھ کو کریدئے اور جو بھی پھول آپ کو ملے تھالی میں رکھتے جایئے۔"

بلدیو نے پنڈے کی طرح راکھ کو کریدنا شروع کیا اور جو بھی پھول اسے ملا، وہ زور زور سے دھڑکتے ہوئے دل کے ساتھ تھالی میں رکھتا گیا۔ ہندوؤں کی ان رسوم کو ادا کرنے کا عمل اسے ذلت آمیز محسوس ہو رہا تھا اور اس کے باپ کے پھول جو محض ہڈیوں کے چھلکے تھے، اس کی آنکھوں میں چبھنے لگے تھے، مگر وہ ان احساسات کے باوجود غم کی شدت سے، جس نے اس کی آنکھوں کے آنسو بھی خشک کر دیے تھے، پنڈے کی ہدایت کی ڈوری پر پتلی کی طرح ناچ رہا تھا۔ یکایک پنڈے نے کہا، "بابو جی" یہ دیکھئے آتمارام!"

اس نے پنڈے کی طرف دیکھا۔ اس کے ہاتھ میں ایک چھوٹی سی راکھ میں لپٹی ہوئی ہڈی تھی جو ساٹھ کے زاویے میں خم کھائے ہوئے تھی۔ پنڈت نے کہا، "یہ آتمارام ہے۔ دیکھئے کیسے سمادھی لگائے بیٹھا ہے۔ بابو جی، آپ کے والد بڑے بھاگیہ وان ہیں۔ مرنے کے بعد ان کی آتما کو شانتی مل گئی ہے۔ جن لوگوں کا آتمارام سمادھی لگا کر بیٹھا ہوتا ہے ان کی آتما کو شانتی ملتی ہے۔ ان کی آتما دکھی نہیں ہوتی۔"

بلدیو نے آتمارام کو اپنے ہاتھوں میں لیا اور غور سے دیکھا۔۔ جیسے گیلی دیوار

پر جھینگر مٹی کا گھر بناتے ہیں، ویسا ہی تھا آتمارام۔ اس نے دل میں کہا، "مرنے والے کو دکھ ہو سکتا ہے کیا؟"

تھالی جب راکھ سے آلودہ پھولوں سے بھر گئی تو پنڈے نے بالٹی میں تین بار راکھ بھری اور جمنا میں جا کر بہادی، چبوترے سے راکھ کا بچھونا جیسے کسی نے سمیٹ لیا ہو۔ بلدیو نے محسوس کیا، جیسے اس کا باپ ہوا میں کافور کی مانند تحلیل ہو گیا ہے۔

پنڈے نے پھولوں سے بھری ہوئی تھالی، لڑکے کو باقی سامان اٹھانے کو کہا اور بلدیو کو اپنے پیچھے آنے کا اشارہ کیا۔ گھاٹ کے پانی سے باہر جو پہلی سیڑھی تھی، وہاں وہ بیٹھ گئے۔ پنڈے نے اسے دودھ میں گلاب کی پنکھڑیاں ڈال کر پھولوں کو دھونے کے لئے کہا اور خود شلوک پڑھنے لگا۔

پھول دھونے کے بعد بلدیو نے پنڈت کے کہنے کے مطابق پھولوں کو ماتھا ٹیکا اور آنکھیں موند کر دل میں باپ کو یاد کیا۔ جب اس نے آنکھیں کھولیں تو پنڈے نے کہا، "بابو جی، پھول کو ہری دوار لے جائیں گے یا یہیں جمنا میں بہائیں گے۔"

بلدیو نے پنڈے کی بات کا جواب دیے بنا دودھ میں دھلے ہوئے پھولوں سے بھری تھالی اٹھائی، پھولوں کو آنکھوں سے لگایا اور پھول جمنا میں بہادیے۔ پھول جمنا کی نذر کرنے کے بعد اس نے اپنے باپ کی آخری آرام گاہ جمنا کی روانی اور جمنا کے پاٹ پر نگاہ ڈالی۔ جمنا کا مٹیالا سا پانی گھاٹ کے قریب دھیمے دھیمے بہہ رہا تھا۔ دور تک ریت ہی ریت دکھائی دے رہی تھی اور ریت پر دوسرے کنارے کے قریب کوڑے کے بے شمار ڈھیر لگے ہوئے تھے۔ اس نے دل میں کہا۔ "پوتر گٹر!"

پنڈے کو جو کچھ اس کے ہاتھ میں آیا، اس نے دیا اور شمشان بھومی سے باہر

آ گیا۔

تمام دن بلدیو گم سم بازار میں گھومتا رہا۔ نہ اسے کھانے کا ہوش تھا نہ آرام کا۔ اس کے ذہن میں بہت سے دھاگے الجھ گئے تھے اور وہ کسی ایک بات کے بارے میں سوچ نہیں پا رہا تھا۔ گھومتے گھومتے اس کے پاؤں شل ہو گئے۔ جب اس میں چلنے کی سکت نہیں رہی تو وہ بس اسٹینڈ پر ریلنگ کے سہارے کھڑا ہو گیا۔ اس کے پیٹ میں بھوک کی زبردست لہر اٹھی اور اس کے سکڑے ہوئے جسم کو جھنجھوڑ گئی۔ اس نے اپنے سر پر ہاتھوں سے دو تین ضربیں لگائیں اور خود کو سنبھالا۔ اچانک ہی اس کے ذہن میں الجھے ہوئے دھاگوں کا ایک سرا سامنے آ گیا۔

ایک آدمی جس نے پچاس سال کشمکش کی زندگی بسر کی ہو، جس نے عمر بھر اپنے گھر، گاؤں اور ملک کی خدمت کی ہو، جس سے ان گنت لوگ پیار کرتے ہوں، جس کے بے شمار دوست، عزیز، رشتے دار اور جس کا ایک بیٹا بھی ہو، کیا وہ لاوارث ہے۔۔۔؟ یا پھر شاید یوں ہو کہ جو آدمی زندگی بھر کسی کا محتاج نہ رہا ہو، وہ مرتے وقت بھی اپنے عزیزوں، رشتہ داروں اور اپنے بیٹے سے کفن، لکڑیوں اور کندھے کے سہارے کا محتاج نہ ہونا چاہتا ہو کیونکہ یہ اس کی کشمکش سے تعمیر کی ہوئی کامیاب زندگی کی تذلیل ہو سکتی ہے، اس لئے وہ صرف سیوا سمیتی کی سات من لکڑیوں اور سپاہی رام سنگھ کے تانبے کے پیسے ہی پر زندگی کے حاصل کے طور پر مطمئن ہو۔۔۔

بلدیو نے زور سے اپنی آنکھوں کو بھینچا اور دھاگے کے نمایاں سرے کو ذہن کے دوسرے الجھے ہوئے دھاگوں میں الجھانے کی کوشش کی مگر ناکام رہا۔ آنکھوں کو شدت سے بھینچنے سے اس کی کنپٹیوں پر رگیں ابھر آئیں اور ان میں آگ دوڑنے

لگی اور اس کے ذہن میں باپ کی پچاس سالہ زندگی کے نقوش واضح ہونے لگے۔

اس نے دیکھا۔۔۔

دادا گنگا رام کے یہاں جو اولاد پیدا ہوتی ہے، سال بھر میں مر جاتی ہے۔ گنگا رام کو کوئی کہتا ہے، "اب جو بچہ پیدا ہو اس کا کان اور ناک چھید دو۔ بچہ زندہ رہے گا۔" اس کا باپ پیدا ہوتا ہے۔ اس کے ناک اور کان چھید دیے جاتے ہیں اور اسی مناسبت سے اس کا نام نتھو رام۔

نتھو رام کے بعد چار لڑکے اور گنگا رام کے یہاں پیدا ہوتے ہیں۔ گنگا رام کا دانہ پانی اٹھ جاتا ہے۔ نتھو رام پندرہ برس کا ہے۔ نتھو رام ہے اور چار چھوٹے بھائی۔ بیوہ ماں اور کھانے کو کچھ نہیں۔ وہ مزدوری کرتا ہے، چھابڑی لگاتا ہے، روکھی سوکھی روٹی پیدا کرتا ہے اور رات رات بھر پڑھتا ہے۔

پہلی عالم گیر جنگ چھڑ جاتی ہے۔

میٹرک کا امتحان پاس کرتا ہے۔ گاؤں جھینگڑ کلاں سے پیدل جموں جا کر فوج میں بھرتی ہوتا ہے۔

پہلی عالم گیر جنگ کا محاذ۔

عہدے میں ترقی۔

بھائیوں کی تعلیم۔

شادی۔

پہلا بچہ بلدیو۔

بیوی کی موت۔

اور

دوسری عالم گیر جنگ۔

نتھورام، انتھک زندگی، ان گنت پڑاؤ۔

قدم بڑھ رہے ہیں۔

دوسری عالم گیر جنگ اور برما کا محاذ ہے۔

شدید طور پر زخمی ہوتا ہے۔

اور اب بہت بڑا عہدہ ہے۔

آرڈر آف برٹش انڈیا درجہ اول کا تمغہ ہے۔

بھائی بس جاتے ہیں۔ ماں خوشی سے چل بسی ہے۔

۱۹۴۷ء

آزادی

پاکستان

فیروزپور بارڈر سے فوجی ریکارڈونگ کی روانگی۔

بنگلور

نتھورام اور بلدیو

پہلی بار قریب آرہے ہیں۔

نتھورام ایک فوجی شخصیت، مثالی کردار، کم گوئی کی شہرت، مہاتما کا لقب۔

بلدیو، کمزور، دبلا پتلا بیمار، باپ کی سماجی حیثیت اس کا کامپلیکس اور فرار۔۔۔

مارکس، بدھ، دوستووسکی، بلزاک، ایک راہ کی تلاش۔

اور پھر

دلّی

نتھو رام کو حکومت کی طرف سے ڈیفنس کالونی میں زمین کا نذرانہ۔

اور۔۔۔

اور۔۔۔

اور۔۔۔

"اور۔۔۔ کیا میں رشتہ داروں اور دوستوں کو آگاہ کروں کہ والد رخصت ہوگئے ہیں۔ "۔۔۔ نہیں۔۔۔! نہیں۔۔۔ میں یہ مصیبت مول نہیں لے سکتا۔ ہجوم کا تانتا بندھ جائے گا۔ لوگ والد کے مثالی کردار کے گن گائیں گے اور میں آوارہ، بیکار، صفر۔۔۔ صرف ذلت محسوس کروں گا۔۔۔ صرف ذلت۔۔۔ ذلت۔۔۔"

بلدیو کی حالت غیر ہو چکی تھی۔ اس کا ذہنی توازن بگڑ چکا تھا۔ عجیب عجیب خیالات اسے گھیرے ہوئے تھے۔

"سماج میں انقلاب آچکا ہے۔ کھوکھلی قدریں مٹ چکی ہیں۔۔۔ نئی قدریں دل اور دماغ کو ٹھنڈک پہنچا رہی ہیں۔ اب کتے لاوارث لاشیں نہیں کھاتے۔۔۔ اب سیوا سمیتی سات من لکڑیوں میں پچاس سال کی جدوجہد کی زندگی پھونک دیتی ہے۔۔۔ سپاہی رام سنگھ تانبے کا پیسہ منہ میں ڈال کر آخری رسم پوری کرتا ہے۔۔۔

بھکاری ہو یا بڑی شخصیت، انتم سنسکار کے لئے چبوترے بنے ہوئے ہیں۔۔۔"

بلدیو کے پیٹ میں بھوک کی زبردست لہر اٹھی۔ اس کے دل کی دھڑکن غیر

معمولی طور پر تیز ہو گئی۔ کنپٹیوں پر رگیں بری طرح ابھر آئیں۔ کان کی لویں سرخ ہو گئیں۔ آنکھوں میں اندھیرا چھا گیا اور اس کے ذہن میں تلوار کی دھار سے تیز یہ خیال ابھرا، "اور والد کی آتما سکھی ہے اور۔۔۔ اور میں۔۔۔"

اور تیز دھار نے اس کے دماغ کی رگوں کو کاٹ دیا۔

تیسرے دن شمشان بھومی میں پنڈے کو بلدیو کے پھول چنتے ہوئے آتما رام کرب کی حالت میں کھڑا ملا۔ پنڈت نے دل میں کہا، "بابو جی کو باپ کے مرنے کا کتنا دکھ تھا۔ مرنے کے بعد بھی ان کی آتما دکھی ہے۔"

***

۸

ساحل کی ذلت

(گلزار اور بھوشن بن مالی کے لئے)

میں نے کہا تھا، اس نے کہا تھا۔۔۔ کس نے کہا تھا، یہ سکّوں کا شہر ہے، یہاں گلیوں میں چاندی بہتی ہے۔

میں نے سنا تھا اور اس نے بھی سنا تھا لیکن کس نے کہا تھا؟

اگر میں نے کہا تھا تو اس نے سنا تھا اور میں نے بھی۔

اگر اس نے کہا تھا تو میں نے سنا تھا اور اس نے بھی

ہم دونوں ایک دوسرے کا 'وہ' تھے، ایک دوسرے کا 'تم' کبھی نہ بن سکے کہ وہ ننگا تھا۔

اس کا سب کچھ اس کا اپنا تھا۔۔۔ صرف اس کے ہاتھ اس کے اپنے نہ تھے۔

اس کی رانوں کی جیبیں جن کا لکیر سا منھ کولھوں سے ذرا نیچے تھا، گھٹنوں تک گہری تھیں اور بجتے ہوئے چھوٹے بڑے مستطیل کاغذوں سے بھری ہوئی تھیں جو سونے اور چربی (چاندی؟) سے مہنگے تھے۔

اس کارن کہ اس کی جیبیں بھری ہوئی تھیں، اس کی رانوں پر مجھے ارٹی کیریا کا

میرے دل برابر دھبہ نظر آرہا تھا۔

میں جو ہمیشہ اپنے اسی پرانے، سر سراتے ہوئے اور راہگیروں سے الجھتے ہوئے لباس میں رہتا ہوں، اس کے ساتھ اس لیے لگا ہوا تھا کہ اسے کھنکتی دھاتوں کے چھوٹے بڑے آبلوں سے نفرت تھی۔

اس کی نفرت نے میرا پیٹ بھرا تھا جو برسوں پہلے اسی شہر میں میری رانوں اور پنڈلیوں کی مچھلیاں تک چبا چکا تھا۔

میں اور وہ۔۔۔ وہ میرا وہ اور میں اس کا وہ۔۔۔ میرا سب کچھ میرا نہ تھا، اس کا سب کچھ اس کا اپنا تھا۔۔۔ صرف اس کے ہاتھ اس کے اپنے نہ تھے۔

اس کے ہاتھ اس کے اپنے نہ تھے کہ نہ رگیں تھیں، نہ بال تھے، نہ مسام تھے، نہ لکیریں تھیں۔۔۔ نہ انگلیاں چٹختی تھیں، نہ ناخن اگتے تھے۔۔۔ وہ واحد ہاتھ تھے، وہ واحد انگلیاں تھی جو کہیں بھی، کوئی بھی نشان نہ چھوڑتی تھیں۔

اور میری اور اس کی آواز میں صرف اتنا فرق تھا کہ اس کی آواز میری آواز سے پہلے سنی جاتی تھی۔۔۔ اور سننے والے کانوں کی کہانی بھی صرف اتنی تھی کہ وہ میری آواز سننے سے پہلے اس کی آواز سننے کے عادی ہو چکے تھے۔

وہ کہ اس شہر میں مجھ سے پہلے پہنچا تھا، اس نے ایک نظر میں بھانپ لیا، میرا سب کچھ میرا نہیں ہے، صرف میرے ہاتھ میرے ہیں۔ وہ جانتا تھا، میرے ہاتھ اگر میرے رہے تو وہ سب کچھ جو میرا نہیں ہے، میرا ہو جائے گا اور اس کا سب کچھ جو اس کا اپنا ہے، اس کا نہ رہے گا۔

میں کہ اس شہر کی بسوں کی کھڑکیوں سے دمکتے چمکتے ابرق کی کٹی پھٹی لرزاں

سی چادر کو تکا کرتا تھا اور روتا رہتا تھا اور جانتا تھا کہ میری آنکھوں کا رونا، میرا رونا، میرا نہیں ہے، ایک دن میں نے اسے دیکھا۔

وہ ننگا تھا۔

اس نے اپنی دائیں ران کی جیب میں ہاتھ ڈالا، بجتے ہوئے چند چھوٹے بڑے مستطیل کاغذ نکالے، ایک نظر مجھے دیکھا۔۔۔ مجھے یوں محسوس ہوا۔۔۔ اور کاغذوں کے ٹکڑے ہوا میں اچھال دیے۔

وہ سب کچھ کہ میرا نہیں تھا، اب امکانات کی حدود سے دور کا قصہ ہو گیا جہاں ابرق کی کٹی پھٹی چادر تانبے کے بوجھ تلے دب رہی تھی۔۔۔ ہوا صرف اتنا تھا کہ ہوا میں اڑتے ہوئے مستطیل کاغذ میری نگاہ کا مرکز بن گئے اور مجھے مربع شکل نظر آنے لگے۔

بات یہاں تک رہتی تو کوئی بات ہی نہ ہوتی کہ میری نگاہوں کی لغزش اس کے لبوں کی مسکان مشکل ہی سے بنتی۔

ہوا بہت کچھ تھا۔۔۔ جیسے ہی مربع شکل کاغذ مجھے دکھائی دیے، میرے ہاتھ آپ سے آپ ان کی سمت اٹھے اور پھر میرے بازو میری مفلس سوچ بن کر اتنے لمبے ہو گئے کہ بجتے کاغذ میری گرفت میں آ گئے اور اس سمے کہ میں سب کچھ دیکھ رہا تھا، یہ نہ دیکھ سکا، ابرق کی مٹی مٹی سے کتھئی چمک میں میرے ہاتھ میرے لمبے ہاتھوں سے کہیں لمبے ہو گئے ہیں اور یہ اس نے دیکھ لیا کہ اس کہ ہاتھ اس کے اپنے نہ تھے اور یوں اس کے میرے اور میرے اس کے تعلقات کا وہ سلسلہ شروع ہوا جو زوال کی داستانوں میں بھی لکھا نہیں گیا۔

اس تعلق میں اول و آخر وہ تھا اور میں اول و آخر کی کاغذی چڑیا جو اس کے بجتے کاغذوں کا گوشت پوشت تھی۔

میں جس کی کل کائنات پچکا ہوا پیٹ سمیٹے ہوئے تھا، جس کی نگاہ بس کی کھڑی کی وسعت سے باہر کی بات نہ تھی اور جس کے ہاتھ اس کے پیٹ اور نگاہ کے پابند تھے، یکایک لذتوں کی اونچی عمارتوں کے بیچ پہنچ گیا۔

ہوش گم ہونا غیر فطری نہیں تھا، ہوش گم ہو گئے۔

میری زندگی کے وہ دن جو ان گنت تھے اور جن کی نامعلوم تعداد مجھے حیرت زدہ کیا کرتی تھی، اب میرا انگوٹھا ان دنوں کا حساب میری انگلیوں کے پپوٹے ٹٹولنے سے لگا لیتا۔

کیا یہ لذتوں کی اونچی عمارتوں کا کرشمہ تھا؟

لذتوں کی اسیری، کانچ کی اونچی عمارتوں کی برہنگی تھی۔

ننگے کو ننگا دیکھا تو ننگا ہونے کی خواہش جان کو آگئی۔۔۔ کپڑے اتارتا، ننگا ہوتا، لیکن ننگا نہ ہو پاتا کہ وہ اس شہر میں مجھ سے پہلے پہنچا تھا اور اس کے ہاتھ نہ تھے اور وہ ننگا تھا۔۔۔ میں کپڑے پہن لیتا۔

اور جب پستہ قد کرسیوں میں پھنسے ہوئے، کسے ہوئے جسموں اور چھوٹی میزوں پر رکھے ہوئے پندرہ سے چالیس برس تک کی عمر کے گول پستانوں کو چھونے کی خواہش میرے جبڑے کا کرب بنی۔۔۔ یہ ایک اجنبی کا کرب، ایک اجنبی کا رد عمل تھا۔۔۔ تو کانچ کی دیوار کی اس اور سے اس کی صاف شفاف پتلیوں کی ایک جنبش نے میرے دانتوں کو دھار، زبان کو زہر اور لعاب کو خوشبو اور جبڑے کو

سکون بخشا۔

یہ مجھے بہت دیر بعد معلوم ہوا کہ اس کے ہاتھ اور اس کی انگلیاں کہیں بھی، کوئی بھی نشان نہ چھوڑتی تھیں۔۔۔ ڈھلے ڈھلائے جسم جن کی شناخت میری مشکل تھی، یوں آسانی سے حل ہو گئی کہ کہے نہیں بنتی۔

اگر کہنا صرف اتنا ہو کہ وہ چوبیس برس کا الف تھا اور اس کے ہاتھ اس کے اپنے تھے اور وہ چالیس برس کا جنگل تھی یا ابلتی دلدل تھی تو بات نہیں بنتی اور بات کا بننا یوں ضروری ہے کہ وہ مجھ سے پہلے وہاں پہنچا تھا۔

اس کی رگوں میں ابھی ماں کا دودھ خون نہیں بنا تھا اور۔۔۔ اور وہ ایک ایسی ماں تھی جس کی رگوں میں چونا، کتھا اور تمباکو، لذتوں کی عمارتوں کی بلندی، عشق کے کاغذی گھر، فنونِ لطیفہ کا بھرم اور کروڑوں تماش بینوں کی حسرتوں کا نشہ کھنچا رہتا تھا۔۔۔ جب وہ اسے چھوڑ گئی، وہ ٹوٹا۔۔۔ اس کے بھائی نے ایک اور عشق میں شہرت حاصل کی اور خودکشی کر لی۔۔۔ وہ ٹوٹا اور جب اس نے اپنے دل پر ہاتھ رکھا۔۔۔ دل کی دھڑکن غائب تھی۔

یہ بھی اسے ایک مدت کے بعد پتہ چلا کہ وہ اس کے ہاتھ اپنے ساتھ لے گئی ہے اور اسے ایسے ہاتھ دے گئی ہے جو خود اس کے اپنے دل کی دھڑکن محسوس نہیں کر سکتے۔

یہ وہی ہاتھ تھے جو اس کے اپنے نہ تھے اور یہ وہی ہاتھ تھے، وہیں انگلیاں تھیں جو کہیں بھی، کوئی بھی نشان نہ چھوڑتی تھیں اور انہیں ہاتھوں نے اس کے جانے کے بعد اس کے لیے وہ کام کیا تھا جو خود اس کے اپنے ہاتھ نہ کر پائے تھے۔

اور جب وہ بستر سے لگ گئی اور کہ اب وہ اس کی ماں تھی، وہ اسے ملنے گیا۔۔۔ اس کی چھاتی میں منہ چھپا کر روتا رہا اور پھر اس کے دیے ہوئے ہاتھوں سے اس کے پستان سہلاتا رہا۔۔۔ وہ دیکھ سکتا تھا، محسوس نہ کر سکتا تھا اور تب وہ آخری بار رویا اور سمجھ گیا کہ وہ کیا ہے؟ کون ہے؟ اور اسے کیا کرنا ہے؟

کنوارا جسم ہوتا یا لذتوں کی اونچی عمارت۔۔۔ وہ تالا کھولتا، کسی کو کچھ پتہ نہ چلتا۔

وہ شہر جو اس جیسے کئی لوگوں کا تھا، اب صرف اس کا تھا اور میں یہ راز جان چکا تھا کہ وہ شہر صرف اس وجہ سے اس کا ہے کہ وہ مجھ سے پہلے وہاں پہنچا تھا۔

اور اس شہر پر حکم اس کا چلتا تھا جس کے ہاتھ اس کے اپنے نہ ہوں۔

میں کہ اس کی نفرت میرا پیٹ بھرتی تھی، اس کا سراغ پا چکا تھا اور اس بات کا یقین مجھے تب ہوا جب اس نے اس کا دیا ہوا ہاتھ میرے کندھے پر رکھا۔۔۔ وہ ننگا تھا۔۔۔ میرا سرسراتا ہوا لباس اس سے لپٹ رہا تھا۔۔۔ مجھے سر سے پاؤں تک دیکھا۔ میں سمجھ گیا، وہ سب کچھ سمجھ رہا ہے!

میں نے اسے دھوکہ دیا۔۔۔ میں چپ رہا۔۔۔ میں خاموش رہا۔۔۔ ہونٹ کاٹتا رہا۔۔۔ حالانکہ میں مسکرانا چاہتا تھا۔ میں اس بڑھیا کے گھر گیا جو اس کی انگلیوں کا کھلونا تھا، جو اس کے الف کا نرم گرم پیار تھی اور جو اس کے منھ چھپانے اور رونے کا تکیہ تھی۔۔۔ میں جان گیا تھا کہ اس شہر کے دستور کے مطابق اب یہی سب میرے ساتھ ہونے والا ہے۔۔۔ اور میری خواہش بھی تو یہی تھی۔

میں نے اس کی گردن توڑ دی۔

اس کے ہاتھ جو اس نے چھپا رکھے تھے، ڈھونڈنا شروع کیے۔

لحاف اٹھایا۔۔۔ دیکھا۔۔۔ دو کٹے ہوئے ہاتھ اس کی رانوں کو اپنے شکنجے میں لیے ہوئے ہیں۔

میں نے دونوں ہاتھ اپنے سفید رومال میں باندھ لیے اور اس اونچی عمارت کی جانب چل پڑا جو بلند تھی، لذت تھی، کانچ تھی۔۔۔ اس عمارت میں بارہا جانے کے باوجود، یہ میرا پہلا قدم تھا۔

اس نے مجھے دیکھا۔۔۔ صرف دیکھا۔۔۔ کیا کچھ نہ دیکھا۔۔۔ اور وہ ہاتھ جو اس کے اپنے نہ تھے، علیحدہ کیے اور بنا اپنے ہاتھ لیے کانچ کے لذت کدے سے باہر نکل گیا۔

چند ہی لمحوں کے بعد میرے تلوے جلنے لگے۔۔۔ میں ننگا تھا۔۔۔ اب کیا دیکھتا ہوں، دمکتے چمکتے ابرق کی کٹی پھٹی لرزاں سی چادر لوہے کی طرح تپ رہی ہے اور تانبے کی وسعت جھکتی چلی آرہی ہے۔

٭٭٭

۹

بھاگوتی

بھاگوتی تھکی ماندی گھر پہنچی اور دھڑام سے چارپائی پر گر پڑی۔

دھن پتی دروازے کی جانب پشت کئے الماری میں سے کونین نکال رہی تھی۔ وہ غیر متوقع دھماکے کی آواز سن کر سہم گئی۔ گھبراہٹ میں اس کے ہاتھ میں سے کونین کی شیشی پھسل کر فرش پر جا پڑی اور چکنا چور ہو گئی۔

شیشی کے ٹوٹنے کی آواز سن کر بھاگوتی نے ہانپتے ہوئے کروٹ لی اور الماری کی طرف دیکھا جہاں دھن پتی کھڑی تھی اور اس کی جانب سہمی ہوئی نظروں سے دیکھ رہی تھی۔

بھاگوتی نے نگاہوں سے دلاسہ دیتے ہوئے دھن پتی سے پوچھا،

"کون ہے بیٹا! کونین کس کو دے رہی ہو۔ لاجو کو؟ لاجو تو صبح مجھ سے لے گئی تھی۔"

دھن پتی ماں کی بات سن کر کانپ گئی جیسے سرد ہوا کا تیز جھونکا اس کے ننگے بدن کو چھو گیا ہو۔

"ارے ہوا کیا، شیشی ہی تو ٹوٹی ہے نا۔ وہ سامنے جو صندوق رکھا ہوا ہے اس

میں ایک اور شیشی رکھی ہوئی ہے۔ اسے نکال کر گولیاں دے دو۔ پھر ٹوٹی ہوئی شیشی کو سمیٹ لینا۔ ہاں مگر یہ گولیاں کس کو دے رہی ہو۔" بھاگوتی نے بیٹی کو بڑے لاڈ سے دلاسہ دیا۔

دھن پتی نے ماں کی جانب دیکھا۔ بھاگوتی کی آنکھیں جھیل کے پانی کی طرح ٹھہری ہوئی تھیں۔ وہ اوندھی لیٹی ہوئی اس کی طرف دیکھ رہی تھی۔ اس نے متزلزل آواز میں جواب دیا، "ماں۔۔۔ وہ۔۔۔ وہ ہے نا۔۔۔ وہ۔" دھن پتی کی آواز ڈوب گئی۔ اس کے جسم میں کپکپی کی لہر دوڑ گئی۔ وہ ماں کی نگاہوں کی تاب نہ لا سکی اور فرش پر جھک کر کونین کی گولیاں اور شیشے کے ٹکڑے اکٹھے کرنے لگی۔

بھاگوتی نے دھن پتی کی طرف غور سے دیکھا۔ گولیاں اکٹھی کرتے ہوئے اس کے ہاتھ لرز رہے تھے۔ اس کا سر حد درجہ جھکا ہوا تھا جیسے اس کے سر پر بوجھ ہو۔ دھن پتی کی یہ حالت دیکھ کر بھاگوتی یکایک بڑے زور سے چونکی۔ چونکنے کے ساتھ ہی اس کی ٹھہری ہوئی آنکھیں ابلنے لگیں۔ اس نے عقاب کی سی نظروں کے ساتھ دھن پتی کا سر سے پاؤں تک جائزہ لیا۔ اسے دھن پتی کا کھلا ہوا رنگ زرد دکھائی دینے لگا اور وہ جان گئی۔ دھن پتی کونین کی گولیاں کسی اور کے لئے نہیں، خود اپنے لیے نکال رہی تھی۔

بھاگوتی کا سارا جسم غصے کے مارے کانپنے لگا۔ وہ اچھے ڈیل ڈول کی عورت تھی۔ ایسا محسوس ہوتا تھا کہ وہ فوراً دھن پتی کا خون کر دے گی۔ وہ تھکی ماندی تو تھی ہی، اب اسے ایک اور جھٹکا لگا تھا۔ اسے تمام جسم میں ٹیس اٹھتی محسوس ہونے لگی۔ اس کی تمام قوتیں منتشر ہو رہی تھیں۔ وہ ایک جھٹکے کے ساتھ چارپائی سے اٹھ کھڑی

ہوئی۔ بڑی مشکل سے اس نے خود پر قابو پایا اور اس نے اپنی تمام منتشر قوتوں کو یکجا کر کے دھن پتی سے کہا، "دھن پتی، تیرے پیٹ میں بچہ ہے!"

دھن پتی ماں کو چارپائی سے اٹھتا دیکھ کر ٹھٹک گئی تھی۔ اس کے ہاتھ سے کونین کی جمع کی ہوئی گولیاں چھوٹ گئیں۔ ماں کی بات سن کر وہ نادانستہ طور پر کھڑی ہو گئی۔ اس وقت اسے ذلت سے زیادہ ڈر محسوس ہو رہا تھا۔ اس کا دل بڑے زور سے دھک دھک کر رہا تھا۔ اس کی ہڈیوں میں تھکن بھر گئی تھی۔ وہ گھبرا کر اپنی انگلیاں چٹخانے لگی۔

بھاگوتی کو دھن پتی کی گھبراہٹ پر غصہ آ رہا تھا۔ وہ بڑے زور سے چلائی، "دھن پتی بول، تیرے پیٹ میں کس کا بچہ ہے؟"

بھاگوتی غصے سے تھر تھر کانپ رہی تھی۔ دھن پتی خاموش رہی۔

بھاگوتی غصے کی حدود کو تجاوز کر چکی تھی۔ اس کا تھکا ہارا جسم ستار کے تاروں کی طرح تن گیا تھا۔ اس کے بازو اکڑ گئے تھے، مٹھیاں بھنچ گئی تھیں۔ بھاگوتی نے چاہا کہ وہ بڑھ کر دھن پتی کا منہ نوچ لے مگر وہ اپنی جگہ سے ہل نہ سکی۔ اس کے پاؤں سن ہو گئے تھے۔ بھاگوتی نے کرب کی شدت سے چلا کر کہا، "کس کا بچہ ہے؟"

بھاگوتی کی چیخ سن کر دھن پتی کا دم سا نکل گیا۔ اس نے مری ہوئی آواز میں جواب دیا، "بنواری کا۔"

بھاگوتی دوسرے لمحے ہی بے جان ہو گئی۔ اس کا کمان کی طرح تنا ہوا جسم ڈھیلا ہو گیا جیسے کمان کی ڈوری ٹوٹ گئی ہو۔ وہ چارپائی پر بے دم سی ہو کر گر پڑی اور اس کے منھ سے "ذلیل، کمینی، ذلیل، کمینی" کی آوازیں جھاگ کی طرح نکلنے لگیں۔

تھوڑی دیر بعد بھاگوتی کو محسوس ہوا کہ اس کے کان پھٹ رہے ہیں۔ وہ شدت جذبات سے دھاڑیں مارنے لگی۔ اس کا سر چکرا گیا اور اس کی آنکھوں میں دھند سی چھا گئی جس کے پیچھے اسے محلے والے منھ پھلائے ہوئے اس پر تھوکنے کے لئے آتے دکھائی دیے۔ جب اس کا ذہنی کرب اسے جھنجھوڑ چکا تو وہ پسینے میں شرابور ٹانگیں پھیلا کر چارپائی پر دراز ہو گئی اور دنیا کے آئینے میں اپنا عکس دیکھنے لگی۔

بھاگوتی کو اس محلے میں رہتے ہوئے سات سال ہو گئے تھے۔ اس مدت میں اس کی خاموش طبیعت نے محلے والوں پر اچھا اثر ڈالا تھا۔ اس کے متعلق سب یہی جانتے تھے کہ بیوہ عورت ہے، اکلوتی بچی کے ساتھ خوشگوار زندگی گزار رہی ہے۔ دائی کا کام کرنے سے واجبی پیسے مل جاتے ہیں۔ مختصراً یہی کہا جا سکتا ہے کہ وہ محلے والوں کے نزدیک قابل رشک زندگی گزار رہی تھی۔ محلے والوں کی نظر میں اس کی عزت اس لیے بھی تھی کہ سات سال کے عرصے کے دوران تقریباً ہر گھر میں بچے کی پیدائش بھاگوتی کے ہاتھوں ہوئی تھی۔ اس کے ہاتھوں کتنے ہی ننھے منے گل گوتھنے پھلے پھولے تھے۔ اس نے اپنی محنت کا معاوضہ محلے والوں سے کبھی نہیں لیا تھا۔ حالانکہ محلے والے زچہ کے بستر سے اٹھنے کے بعد اسے کپڑوں یا حیثیت کے مطابق زیورات کی صورت میں فرض کی ادائیگی کر دیا کرتے تھے۔

جب بھاگوتی اس محلے میں آئی تھی اس کی عمر تیس کے لگ بھگ تھی۔ اس کا رنگ سانولا تھا، مگر نکھرا ہوا تھا۔ جسم بھرا بھرا اور تنا ہوا تھا۔ بول چال، چہرے کے اتار چڑھاؤ اور اس کے ہاتھ دیکھ کر محسوس ہوتا تھا کہ بڑی سخت جان اور مضبوط ارادے کی عورت ہے۔ دھن پتی اس وقت دس سال کی تھی۔ اس کی صحت بھی

قابل رشک تھی۔ سرخی مائل گورا رنگ، لمبے لمبے سیاہ بال، اور آنکھوں میں شرارتوں کے لیے ان تھک عزم۔ دھن پتی جب ہنستی تھی، اس کے جسم کا ہر رنگ اس کی ہنسی میں شریک ہوتا تھا۔ دھن پتی خوبصورتی اور معصومیت کا مجسمہ تھی۔ وہ بھاگوتی کی بیوگی کے لئے سب سے بڑا ذہنی سکون تھا۔

بھاگوتی نے جب خود ہوش سنبھالا تھا، اس وقت اس نے اپنے آپ کو نالے کے پاس غلیظ سی جھونپڑیوں کی بستی میں پایا تھا جہاں وہ ایک غلیظ، کریہہ المنظر اور زوال پذیر صحت کی عورت کے ساتھ رہتی تھی جو ٹونے ٹوٹکے کیا کرتی تھی۔۔۔ عمر کے ساتھ ساتھ اس گندی جھونپڑیوں کی بستی میں اس نے اسقاط حمل کے طریقے سیکھے تھے۔ بڑھیا کی موت کے بعد بھاگوتی کو مالی مشکلات کا سامنا کرنا پڑا۔ مالی مشکلات سے بچنے کے لئے اس نے اسی بستی کے ایک شخص سے شادی کری۔ دادا گیری اس کے خاوند کا شعار تھی۔ کبھی وہ پیسے لے کر جلد گھر آجاتا اور کبھی اس کی صورت دیکھے بھاگوتی کو ہفتے گزر جاتے۔

ابھی وہ حاملہ ہی تھی کہ اس کا خاوند ایک بلوے میں مارا گیا۔ خاوند کی زندگی ہی میں اسے پیٹ بھر کے روٹی نصیب نہیں ہوئی تھی، اب خاوند کی موت کے بعد اسے روکھی سوکھی روٹیوں کے لالے پڑ گئے۔ اس کے سامنے مالی مشکلات کا پہاڑ کھڑا تھا۔ حمل کے ایام میں اس نے لوگوں کے برتن صاف کر کے پیٹ بھرا۔ دھن پتی کی پیدائش کے بعد اس نے کئی جگہ نوکری کی، مزدوری کی مگر اس نے خود کو کسی جگہ محفوظ نہ پایا۔ اس کی جوانی دیکھ کر بڑے بڑے لوگ عرش سے فرش پر اتر آتے تھے۔

آخر بھاگوتی کے لئے اس کے سوا اور کوئی چارہ نہ رہا کہ وہ بستی میں سیکھے ہوئے طریقوں سے اسقاط حمل کا کام شروع کر دے۔ اس کام میں اسے اپنی حفاظت دکھائی دیتی تھی۔ وہ سوچتی تھی کہ بدنامی، ذلت اور شرم کے مارے ہوئے لوگ اس کے پاس آیا کریں گے۔ انہیں اس پر نظر اٹھانے کی ہمت ہی نہ ہو گی بلکہ وہ خود اس کے رحم و کرم پر ہوں گے کیوں کہ ان کے راز اس کے پاس رہن ہوں گے۔ آخر اس نے اسقاط حمل کا کام شروع کر دیا۔

چند ہی دنوں میں اسے ایک دنیا جاننے لگی۔ ہر طبقے کی لغزشوں کے نشانات اس کے ہاتھوں مٹنے لگے۔ اس کے ہاتھوں پر سختیوں کے نشانات جم گئے۔ اس کے ہاتھوں میں مزدور کی سی توانائی آگئی۔ وہ مزدور ہی کی طرح ان تھک محنت کرتی تھی کیونکہ اس کے سامنے زندگی کے پہاڑ جیسے ان گنت سال کھڑے تھے اور اس کے ساتھ ایک اور معصوم جان بندھی ہوئی تھی۔

حمل کے اسقاط کا عمل شروع کرنے سے پہلے وہ مریض کو کہہ دیا کرتی تھی کہ جان بحق ہونے کی صورت میں وہ ذمہ دار ہرگز نہیں ہوگی۔ مگر لوگوں کو اس پر اتنا یقین تھا کہ وہ اسقاط کے دوران عمل تمام تکالیف بھول جایا کرتے تھے۔ لوگ اس لئے اس کے پاس آیا کرتے تھے کیوں کہ اس کی باتیں اور دلاسے ان کے لیے مرہم کی حیثیت رکھتے تھے۔ وہ لوگوں کے گھروں میں بھی جا کر اسقاط کیا کرتی تھی اور اگر کسی قسمت کی ماری عورت کے پاس اپنے گناہ کا بوجھ اترنے تک جگہ نہیں ہوتی تھی، بھاگوتی اسے اپنے گھر لے آتی تھی اور اسے دنیا بھر کی رسوائیوں سے نجات دلا کر واپس بھیج دیا کرتی تھی۔ اس کے علاوہ زیادہ تر لوگ اس کے پاس لیے آتے تھے

کیوں کہ ان کی لغزشوں کے راز بھاگوتی کے پاس محفوظ رہتے تھے۔

بھاگوتی کو کبھی اپنے دھندے پر شرمندگی کا احساس نہیں ہوا تھا۔ کبھی کبھی اسے افسوس ہوتا تھا جب وہ خون کے لوتھڑے کو دیکھا کرتی تھی۔ اس وقت اس کے کانوں میں کٹی پھٹی چیلوں کی چائیں جیسی آوازیں گونجا کرتی تھیں اور اس کے بدن میں ایک جھرجھری سی دوڑ جایا کرتی تھی۔ دراصل اسے لوگوں کی کم ہمتی پر افسوس ہوتا تھا۔ جو گناہ کے گڑھوں میں گرنے کے بعد ان گڑھوں میں سے باہر نکلنے کا یہی ذریعہ سمجھتے تھے کہ وہ گناہ کے نقوش کو مٹا دیں۔ وہ نقوش تو بھاگوتی کے نزدیک پھول تھے جو گناہ کی بدبو پر فتح پانے کے لئے پھوٹتے تھے مگر جنہیں وقت سے پہلے ہی مسل دیا جاتا تھا۔ مگر وہ پھر بھی اپنا دھندا کئے جاتی تھی۔ جب وہ کسی زرد سی عورت کو سر جھکائے، پیٹ میں بوجھ لیے دیکھتی تھی تو فوراً اس کی مدد کرنے پر تیار ہو جاتی تھی۔

نئے محلے میں آنے کے بعد اس نے دائی کا کام شروع کر دیا۔ جب اس کے ہاتھوں کسی کے حمل کا اسقاط ہوتا تھا، اس کی الجھن اس وقت دور ہو جاتی تھی جب اس کے ہاتھوں کسی بچے کی پیدائش ہوتی تھی۔ ویسے اس کے نزدیک دونوں حالتیں ایک بوجھ تھیں اور وہ اس بوجھ سے چھٹکارا دلانے میں لوگوں کی خاطر خواہ مدد کیا کرتی تھی۔ وہ سمجھتی تھی کہ سماجی بندھنوں کی وجہ سے ایک حالت میں بوجھ سے جلد چھٹکارا حاصل کر لیا جاتا ہے اور دوسری حالت میں مقررہ وقت پر۔ ہاں اگر کوئی جی والا ہو تو پہلی حالت بھی دوسری بن سکتی ہے۔

چند ہی سالوں میں بھاگوتی کا کام بہت بڑھ گیا۔ انہی دنوں اس کے پاس بنواری

آنے لگا۔ سیاہ رنگ اور واجبی سے خدو خال کا چغد سا نوجوان۔ وہ لوگوں کو بھاگوتی کے پاس لایا کرتا تھا۔ بھاگوتی نے زندگی میں کبھی کسی کو ناپسند نہیں کیا تھا۔ وہ اسے گھر کا ایک فرد ہی سمجھتی تھی اور اس سے اتنی ہی محبت اور شفقت سے پیش آتی تھی جیسے دھن پتی کی طرح وہ بھی اس کی کوکھ سے پیدا ہوا ہو۔ اسے بنواری سے کبھی کسی قسم کے نقصان پہنچنے کا احتمال نہ تھا۔

وقت کی اڑان کے ساتھ ساتھ بھاگوتی کو دھن پتی کی سوجھ بوجھ کا احساس ہوتا چلا گیا۔ وہ دھن پتی کی ہر بات، ہر حرکت کا خیال رکھتی اور اس کے ذرا اور بالغ نظر ہونے کا انتظار کرنے لگتی۔ دھن پتی جب سولہ سال کی ہوئی تو بھاگوتی نے اسے آہستہ آہستہ اسقاط کے گر بتانے شروع کئے اور اسے اپنے کام میں شریک کرنے لگی۔

اسقاط کے سارے گر دھن پتی کو یاد ہو گئے تھے۔ اس نے ماں کی نگرانی میں آزادانہ طور پر کام شروع کر دیا تھا۔ اب ان کے مریضوں کی تعداد کہیں زیادہ تھی۔ بنواری بہت زیادہ لوگوں کو لانے لگا تھا۔ بھاگوتی جب دھن پتی کو تندہی سے کام کرتے دیکھتی تو خوش ہوتی اور سوچتی کہ کچھ مدت بعد اس کے آرام کے دن شروع ہوں گے۔۔۔ کچھ مدت بعد اس کے خیال کے مطابق دھن پتی سارا کام سنبھالنے کی اہل ہو جائے گی۔ مگر آرام اس کی قسمت میں نہیں تھا۔

دنیا کے آئینے میں اسے اپنا تمام جسم رستے ہوئے پھوڑوں سے بھرا دکھائی دیا جن کی کوئی شکل نہیں تھی۔ بالکل خون کے لوتھڑوں کی طرح۔ اسے محسوس ہوا کہ سب پھوڑے خون کے لوتھڑے ہیں جن کی وہ واحد ذمہ دار ہے۔ اسے جھرجھری

سی آگئی اور اس نے ڈرتے ڈرتے بڑی مشکل سے آنکھیں کھولیں، جیسے محلے کے لوگوں کا ہجوم باہر کھڑا ہو اور اس کوڑھ کی ماری کو محلے سے باہر نکالنے پر بضد ہو۔

صبح کی دھندلی روشنی کمرے میں پھیلی ہوئی تھی۔ بھاگوتی نے الماری کی طرف یاس بھری نظروں سے دیکھا جہاں دھن پتی کے ہاتھ سے کونین کی شیشی پھسل کر ٹوٹ گئی تھی، وہاں دھن پتی ایک ہاتھ میں پانی کا گلاس تھامے اور دوسرے ہاتھ میں کونین کی گولیاں لیے، انہیں پھانکنے کو تیار تھی۔

بھاگوتی رات بھر میں آدھی رہ گئی تھی، مگر کسی برقی قوت کی مدد سے وہ عقاب کی مانند جھپٹی اور دھن پتی سے کونین چھین لی۔ دھن پتی کے لئے یہ سب غیر متوقع تھا۔ اس نے حیرت سے ماں کے چہرے کی جانب دیکھا ہی تھا کہ اس کے منہ پر بھرپور طمانچہ پڑا، "کمینی جانتی نہیں کہ حمل گرانا کتنا بڑا پاپ ہے۔"

دھن پتی کے کانوں میں طمانچے کی سیٹی گونج رہی تھی اور اب بھاگوتی کے الفاظ بھی اس کے کانوں میں زور زور سے چیخنے لگے۔

***

۱۰

وہ

جب اس کی آنکھ کھلی، وہ وقت سے بے خبر تھا۔

اس نے دایاں ہاتھ بڑھا کر بیڈ ٹیبل سے سگریٹ کا پیکٹ اٹھایا اور سگریٹ نکال کر لبوں میں تھام لیا۔

سگریٹ کا پیکٹ پھینک کر اس نے پھر ہاتھ بڑھایا اور ماچس تلاش کی۔

ماچس خالی تھی۔

اس نے خالی ماچس کمرے میں اچھال دی۔

خالی ماچس چھت سے ٹکرائی اور فرش پر آن پڑی۔

اس نے ٹیبل لمپ روشن کیا۔

بیڈ ٹیبل پر چار پانچ ماچسیں الٹی سیدھی پڑی ہوئی تھیں۔

اس نے باری باری سب کو دیکھا۔

سب خالی تھیں۔

اس نے لحاف اتار پھینکا اور کمرے کی بتی روشن کی۔

دو بج رہے تھے۔

فرش برف ہو رہا تھا۔

ابھی دو بجے ہیں، میں وقت سے بے خبر تھا، میں سمجھ رہا تھا، صبح ہونے کو ہے!

آج یہ بے وقت نیند کیسے کھل گئی؟

ایک بار آنکھ کھل جائے، پھر آنکھ نہیں لگتی!

اس نے تمام کمرہ چھان مارا۔

کتابوں کی الماری، ویسٹ پیپر باسکٹ، پتلون جیبیں، جیکٹ کی جیبیں۔۔۔

ماچس کہیں نہ ملی۔

اس نے ایک ایک کتاب الٹ دی۔۔۔کوئی دیا سلائی نہ ملی۔

کمرے کی بری حالت ہو گئی تھی۔

کتابیں الٹی سیدھی پڑی ہوئی تھیں، کپڑے ادھر ادھر بکھرے پڑے تھے

ٹرنک کھلا ہوا تھا۔ کوئی آجائے اس سمے؟

رات کے دو بجے، کمرے کی یہ حالت؟

سگریٹ اس کے لبوں میں کانپ رہا تھا۔

سلگتے سگریٹ اور دھڑکتے دل میں کتنی مماثلت ہے!

ماچس کہاں ملے گی؟

ماچس نہ ملی تو کہیں۔۔۔

تو کہیں۔۔۔

کہیں میرا دھڑکتا دل خاموش نہ ہو جائے؟

آج یہ بے وقت نیند کیسے کھل گئی؟

میں وقت سے بے خبر تھا،

ایک بار آنکھ کھل جائے، پھر آنکھ نہیں لگتی!

ماچس کہاں ملے گی؟

اس نے چادر کندھوں پر ڈال لی اور کمرے سے باہر آگیا۔

دسمبر کی سرد رات تھی، سیاہی کی حکومت اور خاموشی کا پہرہ۔

کسی ایک طرف قدم اٹھانے سے پہلے وہ چند لمحے سڑک کے وسط میں کھڑا رہا۔

جب اس نے قدم اٹھائے، وہ راستے سے بے خبر تھا۔

رات کالی تھی، رات خاموش تھی اور دور دور، تا حد نظر، کوئی دکھلائی نہیں دے رہا تھا۔

لمپ پوسٹوں کی مدھم روشنی رات کی سیاہی اور خاموشی کو گہرا کر رہی تھی اور۔۔۔

چوراہے پر اس کے قدم رک گئے۔

یہاں تیز روشنی تھی کہ دودھیا روشنی کی ٹیوبیں چمک رہی تھیں لیکن خاموشی جوں کہ توں ساری دوکانیں بند تھیں۔

اس نے حلوائی کی دوکان کی جانب قدم بڑھائے۔

ممکن ہے بھٹی میں کوئی کوئلہ مل جائے، دہکتا کوئلہ، دم بہ لب کوئلہ!

حلوائی کی دوکان کے چبوترے پر کوئی لحاف میں گٹھری بنا سو رہا تھا۔

وہ بھٹی میں جھانکا ہی تھا کہ چبوترے پر بنی گٹھری کھل گئی۔

کون ہے؟ کیا کر رہے ہو؟

میں بھٹی میں سلگتا ہوا کوئلہ ڈھونڈ رہا ہوں!

پاگل ہو گیا؟ بھٹی ٹھنڈی پڑی ہے!

تو پھر!

پھر کیا! گھر جاؤ!

ماچس ہے آپ کے پاس؟

ماچس؟

ہاں مجھے سگریٹ سلگانا ہے!

تم پاگل ہو! جاؤ میری نیند خراب مت کرو، جاؤ!

تو ماچس نہیں ہے آپ کے پاس؟

ماچس سیٹھ کے پاس ہوتی ہے وہ آئے گا اور بھٹی گرم ہو گی۔ جاؤ تم!

وہ پھر سڑک پر آ گیا۔

سگریٹ اس کے لبوں میں کانپ رہا تھا۔

اس نے قدم بڑھائے۔

چوراہا پیچھے رہ گیا، تیز روشنی پیچھے رہ گئی، کیا کیا کچھ نہ پیچھے رہ گیا۔

اس کے قدم تیزی سے اٹھ رہے تھے۔

لمپ پوسٹ، لمپ پوسٹ، لمپ پوسٹ، ان گنت لمپ پوسٹ پیچھے رہ گئے، دھیمی روشنیوں والے لمپ پوسٹ جو رات کی سیاہی اور خاموشی کو گہرا کرتے ہیں۔

یکا یک اس کے قدم رک گئے۔

سامنے سے کوئی آ رہا تھا۔

وہ اس کے قریب آ کر رک گیا۔

ماچس ہے آپ کے پاس؟

ماچس؟

مجھے سگریٹ سلگانا ہے۔۔۔

نہیں! میرے پاس ماچس نہیں ہے۔ میں اس علت سے بچا ہوا ہوں۔۔۔!

میں سمجھا۔۔۔

کیا سمجھے؟

شاید آپ کے پاس ماچس ہو؟

میرے پاس ماچس نہیں ہے۔ میں اس علت سے بچا ہوا ہوں اور اپنے گھر جا رہا ہوں۔ تم بھی اپنے گھر جاؤ!

اس نے قدم بڑھائے۔

سگریٹ اس کے لبوں میں کانپ رہا تھا۔

وہ دھیمے قدم اٹھا رہا تھا کہ تھک گیا تھا۔

وقت سے بے خبر، اس کے تھکے تھکے قدم اٹھ رہے تھے۔

لمپ پوسٹ آتا، مدھم روشنی پھیلی ہوئی دکھائی دیتی اور پھر سیاہی۔

پھر لمپ پوسٹ، مدھم روشنی اور پھر سیاہی۔

وہ لبوں میں سگریٹ تھامے دھیمے دھیمے قدم اٹھا رہا تھا۔

اس کی پھیپھڑوں تک دھواں کھینچنے کی طلب شدید ہو گئی تھی۔

اس کا بدن ٹوٹ رہا تھا۔

شب خوابی کے لباس اور چادر میں اسے سردی لگ رہی تھی۔

وہ کانپ رہا تھا اور کانپتے قدموں سے دھیمے دھیمے بڑھ رہا تھا، وقت سے بے خبر، لمپ پوسٹوں سے بے خبر۔

ایک بار پھر اس کے قدم رک گئے۔

اس کی نظروں کے سامنے خطرے کا نشان تھا۔

سامنے پل تھا، مرمت طلب پل۔

حادثوں کی روک تھام کے لئے سرخ کپڑے سے لپٹی ہوئی لالٹین سڑک کے بیچوں بیچ تختے کے ساتھ لٹک رہی تھی۔

اس نے لالٹین کی بتی سے سگریٹ سلگانے کے لئے قدم اٹھایا ہی تھا کہ۔۔۔

کون ہے؟

وہ خاموش رہا۔

سیاہی کی ایک انجانی تہ کھول کر سپاہی اس کی طرف لپکا۔

کیا کر رہے تھے؟

کچھ نہیں!

میں کہتا ہوں، کیا کر رہے تھے؟

آپ کے پاس ماچس ہے؟

میں پوچھتا ہوں کیا کر رہے تھے اور تم کہتے ہو، ماچس ہے۔ کون ہو تم؟

مجھے سگریٹ سلگانا ہے، آپ کے پاس ماچس ہو تو۔۔۔

تم یہاں کچھ کر رہے تھے؟

میں لالٹین کی بتی سے سگریٹ سلگانا چاہتا تھا۔۔۔ آپ کے پاس ماچس ہو تو۔۔۔

تم کون ہو، کہاں رہتے ہو؟

میں۔۔۔

کہاں رہتے ہو؟

ماڈل ٹاؤن!

اور تمہیں ماچس چاہیئے۔۔۔ ماڈل ٹاؤن میں رہتے ہو۔۔۔ ماڈل ٹاؤن کہاں ہے؟

ماڈل ٹاؤن!

اس نے گھوم کر اشارہ کیا۔

دور دور تا حد نظر سیاہی پھیلی ہوئی تھی۔

چلو میرے ساتھ تھانے تک۔۔۔ ماڈل ٹاؤن۔۔۔؟ ماڈل ٹاؤن یہاں سے دس میل کے فاصلے پر ہے۔۔۔ ماچس چاہیئے نا! تھانے میں مل جائے گی!

سپاہی نے اس کا بازو تھام لیا۔

وہ سپاہی کے ساتھ چل پڑا۔

تھانہ اسی سڑک پر تھا جو ختم ہونے کو نہ آتی تھی۔

وہ سپاہی کے ساتھ تھانے کے ایک کمرے میں داخل ہوا۔

کمرے میں کئی آدمی ایک بڑی میز کے گرد بیٹھے ہوئے تھے۔

سب سگریٹ پی رہے تھے۔

میز پر سگریٹ کے کئی پیکٹ اور کئی ماچس پڑی تھیں۔

صاحب! یہ شخص پل کے پاس کھڑا تھا، کہتا ہے، ماڈل ٹاؤن میں رہتا ہوں اور ماچس ماچس کی رٹ لگائے ہوئے ہے!

کیوں بے؟

اگر آپ اجازت دیں تو آپ کی ماچس استعمال کر لوں، مجھے اپنا سگریٹ سلگانا ہے!

کہاں رہتے ہو؟

ماڈل ٹاؤن؟ کیا میں آپ کی ماچس لے سکتا ہوں؟

کیا کرتے ہو؟

میں اجنبی ہوں! کیا میں ماچس۔۔۔

ماڈل ٹاؤن میں کب سے رہتے ہو؟

تین ماہ سے! ماچس۔۔۔

ماچس۔۔۔ ماچس کا بچہ۔۔۔ اجنبی۔۔۔ جاؤ اپنے گھر۔۔۔ ورنہ بند کر دوں گا۔۔۔ ماچس۔۔۔؟

جب وہ تھانے سے باہر آ گیا، وہ بری طرح تھک چکا تھا۔

اس نے اس نا ختم ہونے والی سڑک پر دھیمے دھیمے چلنا شروع کر دیا۔

اس کی ناک سوں سوں کرنے لگی تھی اور اس کا بدن ٹوٹنے لگا تھا۔

سگریٹ پینا ایک علت ہے!

میں نے یہ علت کیوں پال رکھی ہے؟

ماچس کہاں ملے گی؟

نہ ملی تو؟

وہ وقت سے بے خبر تھا، لمپ پوسٹوں سے بے خبر تھا، سڑک سے بے خبر تھا، اپنے بدن سے بے خبر تھا۔

وہ گرتا پڑتا بڑھ رہا تھا۔ اس کے لغزش زدہ قدموں میں نشے کی کیفیت تھی۔

پو پھٹی اور وہ دم بھر کو رکا۔۔۔ دم بھر کو رکا اور سنبھلا۔۔۔

سنبھلا اور اس نے قدم اٹھانا ہی چاہا کہ۔۔۔

سامنے سے کوئی آ رہا تھا اور اس کے قدم لغزش کھا رہے تھے،

وہ اس کے قریب آ کر رکا۔

اس کے لبوں میں سگریٹ کانپ رہا تھا۔

آپ کے پاس ماچس ہے؟

ماچس؟

آپ کے پاس ماچس نہیں ہے؟

ماچس کے لئے تو میں۔۔۔

وہ اس کی بات سنے بنا ہی آگے بڑھ گیا۔

آگے، جدھر سے وہ خود آیا تھا۔

اس نے قدم بڑھایا۔ آگے، جدھر سے وہ آیا تھا۔

***